(Continuer la couverture)

RÉCITS AUTHENTIQUES DE LA GRANDE GUERRE

CAPITAINE DELVERT

LETTRE-PRÉFACE DE MARCEL PRÉVOST

De l'Académie Française

Avec 16 gravures hors texte

I0642870

LIBRAIRIE MILITAIRE BERGER-LEVRAULT

PARIS	NANCY
5-7, Rue des Beaux-Arts	Rue des Glacis, 18

1918

6e ÉDITION

Quelques Héros

Il a été tiré de cet ouvrage

vingt-cinq exemplaires sur papier de Hollande

numérotés de 1 à 25

CAPITAINE DELVERT

Quelques Héros

LETTRE-PRÉFACE DE MARCEL PRÉVOST

De l'Académie Française

Avec 16 gravures hors texte

LIBRAIRIE MILITAIRE BERGER-LEVRAULT

PARIS

5-7, Rue des Beaux-Arts

NANCY

Rue des Glacis, 18

1918

A MON PÈRE

COMBATTANT DE 70

MINISTÈRE
DE LA GUERRE

CABINET
DU MINISTRE

*Services de l'Information Militaire
à l'Intérieur et aux Armées*

RÉPUBLIQUE FRANÇAISE

Paris, le 5 septembre 1917.

Le Lieutenant-Colonel Marcel Prévost,
Inspecteur permanent,

à M. le Capitaine Delvert.

Mon cher Capitaine,

Je vous félicite d'avoir écrit ce livre, et plus encore de l'avoir vécu.

Ceux-là seuls savent raconter la guerre qui furent, dans la force du terme, des guerriers.

Vous, au front, quatre fois blessé, vous avez montré quel bel officier peut donner l'intellectuel énergique et patriote. Mais, au milieu du formidable cauchemar, vos yeux ont gardé leur lucidité et votre plume sa manière alerte.

Bravo !

Croyez à mes sentiments très cordiaux.

MARCEL PRÉVOST.

Et nous qui serons morts... peut-être,
Martyrs saignants, pendant que les hommes sans maître
    Vivront plus fiers, plus beaux,
Sous ce grand arbre, amour des cieux qu'il avoisine,
Nous nous réveillerons pour baiser sa racine
    Au fond de nos tombeaux !

VICTOR HUGO.
(*Les Châtiments*, « Lux ».)

PREMIÈRE PARTIE

QUELQUES HÉROS

1

QUELQUES HÉROS

Un Grenadier

L E 16 mars 1917, la 2ᵉ compagnie du
89ᵉ régiment d'infanterie, en tranchée
dans le secteur du bois des Buttes [1], était
écrasée sous un bombardement qui ne
durait pas moins de dix heures, de 8 heures
à 18 heures.

La tranchée était bouleversée; plus de
banquette de tir, le gabionnage renversé,
les pare-éclats effondrés, un nivellement
complet en maints endroits.

L'élément nord de la tranchée — le plus
rapproché des Boches — se trouvait presque
isolé par les éboulements.

---

(1) Au sud-est de La Ville-aux-Bois. — Le bois des Buttes et La
Ville-aux-Bois sont en notre pouvoir depuis le 16 avril.

Cet élément était tenu par une escouade de grenadiers, sous les ordres du caporal Mirloup.

Mirloup avait reçu un éclat à la jambe droite dès le début du bombardement. Mais sachant parfaitement ce que signifiait cette débauche de projectiles de la part de nos adversaires, il était resté.

— Caporal ! Voulez-vous que je vous mène au poste de secours ?

— Non. Aidez-moi à mettre mon pansement individuel... Les Boches vont sortir, il faut les recevoir !

A 18 heures, le feu de l'artillerie s'arrête. Il ne fait plus qu'un faible jour. C'est le moment des coups de main.

Les habits « feldgrau » montent sur la plaine.

Mirloup les laisse s'avancer.

— Aux grenades, les amis !

Rracc ! une succession d'explosions ; une épaisse fumée : les Fritz rentrent dans leur trou

Ils en ressortent bientôt, plus nombreux. Même jeu.

Alors, de la tranchée boche on voit des fusées monter dans le ciel déjà sombre et épanouir leurs gerbes étincelantes.

Les 77 tombent sur notre vaillante petite troupe.

Mirloup reçoit un nouvel éclat, cette fois à la jambe gauche.

Il sent couler le sang chaud. Comment faire une ligature? Plus de pansement. Et puis, il est nuit noire. Impossible de voir ce qu'on fait. Et puis.... les Boches reviennent.

— Le plus grave, c'est que je ne pouvais plus me tenir debout...

Alors je me suis assis sur un coin de banquette, adossé au merlon, une caisse de grenades devant moi.

Et comme les Boches approchaient, je me suis mis à passer les grenades aux camarades, le bouchon du percuteur enlevé, toutes prêtes à être frappées et *balancées*.

Le Vieux Zouave

———

LE SERGENT GAGLIO, DU 3ᵉ RÉGIMENT
DE MARCHE DE ZOUAVES

Il n'a que soixante-deux ans. Et c'est un poilu !

Il est vrai que, lorsqu'on le voit, la chéchia couvrant l'oreille droite, suivant la tradition, la barbe en éventail, le masque énergique, la taille ramassée, mais encore svelte et vigoureuse, on ne croirait jamais un sexagénaire.

Il court comme un jeune homme, et quand on lui dit :

— Allons ! allons, Gaglio ! Malgré le printemps, il y a bien certaines choses qui vous laissent en paix.

— Pardon, mon capitaine ; je tiens encore ma place !

Si on lui demande sa classe, il répond toujours : classe 15. Il oublie soixante. Car il est de la classe 1875. Et sa première campagne avec le 3ᵉ zouaves fut la campagne de Tunisie.

A la déclaration de guerre, son fils, âgé de vingt et un ans, s'engagea au glorieux régiment où avait servi son père, au 3ᵉ zouaves de Sébastopol et de Palestro.

Le 23 août 1914, en Belgique, au combat de Fossé, il fut tué.

Sitôt qu'il apprend la nouvelle, le vieux zouave décide d'aller venger son fils. Il le remplacera au régiment. On n'aura pas besoin de modifier les contrôles.

Malgré ses cinquante-neuf ans, il part. On est en plein hiver. N'importe ! Au début de janvier 1915, il est à son poste de combat.

En juin, il prend part aux attaques de Tracy-le-Val et de Quennevières. Blessé gravement d'un éclat d'obus à l'épaule gauche, il est évacué.

A peine guéri, il demande à revenir au front et rejoint son régiment en février 1916.

C'est le moment où se déclenche l'attaque allemande sur Verdun. Zouaves, tirailleurs, bataillons de chasseurs, régiments d'infanterie, se dévouent pour empêcher la trouée. Ils font à la France une héroïque cuirasse de leurs poitrines.

Et « on », — la horde sauvage, la barbarie savante, les pions incendiaires, assassins de femmes, tortionnaires de vieillards et d'enfants, — « on » — les anthropoïdes d'outre-Rhin, — « on » n'est pas passé !

Le 25 février, à Louvemont, sur la ligne de feu, Gaglio est nommé caporal, cité à l'ordre de la division et décoré de la Croix de guerre.

En juillet, après la chute du fort de Vaux, quand l'ennemi, parvenu à la ligne Fleury—

Souville, croit enfin tenir la citadelle convoitée, le 3ᵉ zouaves à nouveau franchit les côtes de Belleville. Les 15, 16, 17 et 18 juillet, il engage de furieux combats devant l'ouvrage de Thiaumont et le peu de ruines qui restent du village de Fleury.

Dans ces combats où l'on lutte corps à corps, sous l'effroyable bombardement des deux artilleries qui écrasent inévitablement amis et ennemis, Gaglio se comporte de telle sorte qu'il est nommé sergent et reçoit la médaille militaire.

« Vieux brave, — dit la citation — qui s'est engagé au régiment pour y remplacer son jeune fils tué à l'ennemi. N'a cessé de donner le plus bel exemple de courage et d'abnégation, et de montrer ses cheveux blancs au premier rang. Blessé, a gagné ses galons de caporal en février à Louvemont, ceux de sergent, en juillet dernier, dans les durs combats de Fleury. »

Exemple aux jeunes !

11

Nos Téléphonistes

CELUI-CI est un Parisien, un Parisien de Montrouge. C'est dire que son nom [1] ne figure pas au *Gotha*. C'est un brave ouvrier des faubourgs : il n'y a pas que des paysans — soit dit en passant — au vrai front, celui où l'on se bat.

Taille moyenne ; la mine plutôt chétive ; une fine moustache châtain clair ; la mâchoire délicate, légèrement tordue à gauche et quelque peu brèche-dent ; une allure toute simple et modeste, mais des yeux brillants d'intelligence. Aucunement le type du guerrier au pays du « kolossal ».

(1) Sergent Mahieu.

C'était dans la Somme [1], le 31 octobre dernier.

Le régiment [2] venait de prendre un secteur nouvellement conquis.

Le Boche ne voulait pas rester sur sa défaite, d'autant plus que les positions perdues lui étaient précieuses à bien des égards.

Il faisait donc de violents efforts pour les reprendre. En particulier, il avait repéré le poste de commandement du colonel, situé dans la cave d'un château détruit.

Le 31 octobre donc, de 10 heures à 23 heures, il soumettait ce point à un pilonnage en règle. Les rafales de 210 et de 150 s'abattaient à raison de quinze obus par minute (A Verdun, le plus que j'ai compté, c'est dix obus par minute).

Pendant ces treize heures, on estime qu'il est tombé sur le château et ses abords l'avalanche formidable de 12.000 obus.

(1) A Sailly-Sallisel.
(2) Le 94e R. I.

Dès midi, un nuage rouge de poussière de brique enveloppait les ruines dont les tirs de barrage interdisaient absolument l'accès.

Vers 15 heures, un dépôt de fusées prend feu. Flammes rouges, vertes, blanches jaillissent de toutes parts au milieu d'épais tourbillons de fumée.

Un dépôt de munitions voisin s'allume à son tour. Les cartouches crépitent ; les grenades éclatent, pendant que les langues de feu s'élèvent de plus en plus hautes dans l'ombre qui descend.

Toujours plus nombreux, les obus avivent le brasier dont la clarté sinistre monte dans la nuit.

Témoin de ce spectacle d'épouvante, inquiet sur le sort de son chef dont il est sans nouvelles depuis plusieurs heures, le commandant d'un bataillon de première ligne manifeste l'intention de profiter de la première accalmie pour envoyer un agent de liaison au château.

Mais l'accalmie ne vient pas.

Alors le petit téléphoniste se présente.

Il vient d'être nommé sergent pour son héroïsme, les jours précédents. Le colonel l'a même proposé pour la médaille militaire.

Il s'avance donc vers le chef de bataillon, le capitaine Bouchacourt.

— Mon capitaine, si vous voulez, je vais y aller, au château. Je suis proposé pour la médaille militaire, mais je n'ai pas assez fait. Je veux la mériter.

— Allez !

A ce moment précis, les tirs de barrage redoublent de violence. N'importe ! Il part. Il fait nuit noire. A droite, à gauche, les « rrac » des éclatements. Il s'aplatit, se relève, court d'un trou d'obus à un autre trou d'obus, dans cette boue rouge et gluante de la Somme.

Moments d'angoisse, où l'on a le cœur serré, la gorge sèche, et où il faut néanmoins rester d'absolu sang-froid, toutes les facultés d'attention tendues, l'œil et l'oreille au guet. Une demi-seconde d'affolement, et l'on va se planquer sous l'obus qui broie; ou bien, l'on se terre trop tard, et les éclats brûlants, ronflants comme des toupies, viennent s'enfoncer dans la chair. Et partout les éclatements rageurs, au déchirement fauve, aveuglant !

Après une demi-heure environ de cette course effroyable, notre sergent entend des voix. Il approche. Ce sont des chasseurs du bataillon voisin : pour éviter les tirs de barrage il avait pris sur la droite; il a trop appuyé.

Mais voici qu'à gauche des flammes rougeoient. C'est l'incendie qui — assoupi un instant — se ravive.

Il marche vers le point lumineux, se planquant à tout instant pour éviter les obus, butant sur des cadavres que l'effroyable bombardement a déterrés.

16

SERGENT GAGLIO, DU 3ᵉ ZOUAVES

SERGENT MAHIEU, DU 94ᵉ R. I.   FUSILIER COUAPEL, DU 94ᵉ R. I.

Arrivé à une centaine de mètres du château, il voit que l'incendie s'est propagé. Les flammes semblent sortir de la cave même où était installé le poste de commandement. Et les « rrac » précis des marmites craquent juste à l'entrée.

De toute façon, impossible d'y pénétrer. D'ailleurs, certainement, il n'y a plus créature vivante dans cette fournaise.

Il faut prévenir immédiatement le capitaine commandant le bataillon.

Le sergent reprend sa course.

— Mon capitaine, tout le monde doit être mort chez le colonel.

Il est urgent de rendre compte de la situation au commandant de la brigade.

Le capitaine rédige à la hâte un mot.

Mais qui le portera ?

— Voyez-vous, mon capitaine, me confiait le petit sergent en me racontant l'histoire, j'étais préoccupé. Je me disais : « Et si je me suis trompé ? » Je n'avais

17

pas pénétré dans le poste de commandement... Il m'était impossible de rien affir-
mer...

Alors j'ai demandé à repartir.

Et cette fois, de peur de m'égarer, je suis
allé tout droit !.....

Tout droit !

Sous les 210 et les 150 tombant à quinze
par minute !

— Et j'ai trouvé le colonel !

Il me racontait cela tout uniment, comme
il eût dit : « J'ai traversé la rue ! »

Pour moi, j'ai senti les larmes me monter et j'aurais volontiers embrassé ce bon
visage de pauvre petit gamin de Paris, si
simple, et qui est un héros.

———

Nos Fusiliers-Mitrailleurs

———

CELUI-CI est un Méridional. Il porte d'ailleurs un nom qui sent la Provence : Delmas.

Delmas [1], dans le Nord nous dirions « Demaison ».

Le « mas » c'est le cube de pierre sèche sans fenêtre vers le nord (à cause du mistral) que l'on rencontre aussi bien dans la Crau ou la Camargue, que dans les garrigues du Languedoc et sur le rivage ensoleillé de Provence.

De fait, celui-ci est des Alpes-Maritimes.

Ce n'est pas un conscrit.

[1] Delmas et Richaud, du 363e R. I.

Il est de la classe 1900 : un homme de trente-huit ans.

De taille moyenne, trapu, ramassé, très brun, le front un peu bas traversé de rides, d'épais sourcils noirs, il donne une impression de force placide.

A l'attaque du 4 mai sur Berméricourt, au nord-ouest de Reims, il est parti à 6^h50, avec la première vague d'assaut.

A 8 heures, il avait déjà vidé tous ses chargeurs.

— Je vois un Boche qui m'ajuste. Je me jette de côté pour éviter la balle... Mais il m'avait mesuré en pleine tête. Il m'a touché ici.

Et il me montre un sillon sanglant que la balle a tracé sous la lèvre inférieure, à gauche.

Elle lui a cassé plusieurs dents.

Il n'a pas pour cela abandonné son poste. Comme son fusil-mitrailleur avait été brisé par un projectile, il en a ramassé un autre abandonné par un camarade tombé, et il a continué à tirer.

Autre fusilier-mitrailleur, du même régiment, Richaud.

Un peu plus jeune. Il est de la classe 1902.

C'est aussi un Méridional.

Il est de Sisteron.

Petit, sec, il a l'aspect d'un gringalet. Figure maigre, sans apparence. Brèche-dent.

Mais le front est large, solide, têtu. Les membres sont noueux. On sent le montagnard tenace, dur et résistant comme l'olivier qui s'agrippe aux pentes brûlées de soleil, et qu'aucun coup de mistral ne parvient à déraciner.

A l'attaque du 4 mai, on lui a donné un poste de confiance. Il a été chargé de flanquer la droite d'un des bataillons d'assaut. Il avait comme consigne de neutraliser toute mitrailleuse boche qui se révélerait.

Il a accompli sa mission en conscience : il n'a pas brûlé moins de 2.500 cartouches !

La Sentinelle arabe [1]

D ANS un secteur de bois, à quatre-vingts mètres des Boches, un petit poste du 2e tirailleurs de marche est installé. Le caporal et trois tirailleurs sont accroupis sous un arbre renversé; la sentinelle, coulée le long du parapet, est aux aguets, les yeux fixés sur les lignes ennemies.

A travers le boyau aux claies ébranlées par les derniers bombardements, formant des ventres sous la pression des terres éboulées, le capitaine va visiter sa première ligne.

On veille.

C'est bien!

Il s'éloigne.

(1) Récit fourni par le capitaine Bernard, du 2e régiment de tirailleurs de marche.

22

Tout à coup, un ouragan de feu se déchaîne. Obus et mines s'écrasent sur le petit poste.

Les Boches ont dû inscrire à leur programme du jour : « Tir de concentration sur le poste d'écoute n° 4. »

Le boyau du poste en un clin d'œil est nivelé. Blocs de terre, éclats de bois, débris d'étoffe, volent en l'air dans un nuage de poussière et de fumée noire.

Le capitaine, en rampant, s'approche.

Le caporal et les trois tirailleurs gisent, déchiquetés.

Mais, immobile, la sentinelle est telle qu'il l'avait laissée, les yeux vers l'ennemi.

Il appelle :

— Ben Daho ! Ben Daho !

Alors, lentement, comme à regret, une face basanée se retourne, une face qu'illuminent des dents blanches et un bon sourire.

— Mon captan ! Rien nouveau !

23

Le Prisonnier alsacien

Uɴ radieux dimanche de printemps. Un azur sans fond tout étincelant de lumière, et dans lequel l'oreille attendrait le tintement joyeux et clair des cloches de Pâques.

Des avions volent dans l'air vermeil, oiseaux majestueux sur lesquels par éclairs brusques resplendit le soleil.

Soudain des cris :

— Un Boche ! Un Boche !

En effet, à la lunette, sous les ailes blanches on distingue les croix noires.

Mais voici deux autres qui sortent de l'azur.

La cocarde aimée !

Ce sont des nôtres.

L'un d'eux survole le Boche, se laisse tomber sur lui.

— Tac! tac! tac!

Victoire! Le Boche pique du nez... Il est frappé à mort. Il descend, il descend...

A travers champs on se précipite.

C'est là-bas, près d'un bois, que gît la carcasse désemparée.

Le vainqueur, en tournoyant, vient se poser auprès.

Déjà des troupiers accourent des environs.

L'aviateur français se saisit de quelques sapeurs pour faire écarter les curieux.

L'interprète d'un camp de prisonniers voisin arrive en s'épongeant.

Voici les deux Boches.

L'un, long, sec, teint de pain d'épice, cheveux couleur de chaume, séparés par une raie impeccable. Junker hautain. Il a une balle dans le mollet. On l'emmène se faire panser.

L'autre est allongé à terre : il a reçu une balle dans l'aine.

Il souffre. Sa tête retombe exsangue, inerte. Beau jeune homme de vingt-six à vingt-sept ans. Physionomie douce, ouverte, teint clair parsemé de taches de rousseur. Cheveux blonds d'or, en brosse.

C'est le pilote.

Le toubib est auprès.

Il sonde la plaie...

L'interprète s'approche.

Il a laissé partir l'autre, mais celui-ci l'attire. Lui est Alsacien, Strasbourgeois; et — me disait-il plus tard, — « ce type-là n'avait pas une gueule de Boche ».

Il regarde la plaque d'identité que le blessé porte au poignet.

Il pâlit; une émotion indicible l'étreint.

« X..... Ruprechtsau [1]... 18... »

Il se penche vers le blessé et, d'une

[1] Faubourg de Strasbourg. En patois alsacien : la Robertsau.

voix étranglée, lui souffle en patois alsacien :

— Was ? du bisch von d'r Robertsau ?
(Quoi ? tu es de la Robertsau ?)

Le blessé ouvre les yeux, le regarde avec une expression étrange.

Malgré sa douleur il soulève la tête ; il appuie son bras sur l'épaule de l'interprète comme sur celle d'un frère qui retrouve son frère.

Et faiblement, à travers les larmes, il laisse échapper ces mots :

— D' alte sin d'heim..... Ich bin do, weil ich nit habe andersch mache kênne. (Les vieux sont là-bas... Je suis là parce que je n'ai pas pu faire autrement [1].)

---

[1] Allusion aux lâches représailles que les Boches auraient exercées sur sa famille en cas de désertion.

Un Ancien C. O. A. [1]

proposé pour la Croix d'honneur

——

VUILLAUME, fusilier-mitrailleur au 133ᵉ régiment d'infanterie, était C. O. A. à la mobilisation. Il n'a été appelé dans la troupe qu'en janvier 1916.

Aujourd'hui, il est proposé pour la croix.

C'est un grand gaillard de vingt-quatre ans; blond cendré; épaisse carrure; fortes mains; avant-bras puissants.

Lors de la déclaration de guerre, il était boucher à La Chaux-de-Fonds, et fut affecté comme tel aux C. O. A.

Depuis qu'il est au 133ᵉ d'infanterie, il a

[1] Commis ouvrier d'administration.

montré qu'un C. O. A. pouvait devenir un soldat d'élite. Déjà, dans la Somme, il s'était distingué. Cette fois il a fait mieux : il a pris une part décisive à l'un de ces avantages locaux dont sont constitués dans la guerre actuelle les grands succès.

Le 20 avril 1917, la 7ᵉ compagnie du 133ᵉ régiment d'infanterie (compagnie dont il faisait partie), renforcée d'un groupe de grenadiers de la 6ᵉ, recevait l'ordre d'enlever un petit bois situé au sud-est de Loivre entre le canal de l'Aisne et la voie ferrée.

Une section appuyée des grenadiers devait prendre par la voie ferrée, une autre par le canal, tandis que les deux sections restantes attaqueraient de face.

A l'heure « H » — 6 heures du matin — nos poilus sortent des lignes.

Ciel bas. Il fait froid et il fait gris.

Il a plu les jours précédents. On enfonce dans la boue jusqu'à la cheville. Les pieds s'empêtrent dans les fils de fer brisés de l'ennemi.

Pour comble, à peine a-t-on fait cent mètres que les mitrailleuses boches s'éveillent.

Vuillaume marche avec la section de gauche, celle qui doit prendre par la voie ferrée.

Devant eux, à l'angle du bois et du chemin de fer, une mitrailleuse crépite. Vuillaume la prend en consigne. Résultat : la mitraille concentre sur lui ses feux. Il se planque. Les balles pleuvent autour de sa tête. La terre vole. Il est aveuglé. Son pourvoyeur est touché...

Il ne perd pas son sang-froid. Sans se soucier des « mouches » qui lui bruissent aux oreilles, il délace méthodiquement les chargeurs que portait son camarade, les ajuste sur son dos, puis, se dressant brusquement, tenant sous le bras son fusil-mitrailleur dont il se sert comme d'un terrible arrosoir, il bondit sur les Boches.

— Tous ceux qui étaient autour de la mitrailleuse, je les ai descendus, mon capitaine!

Et puis, avec le caporal Monnet, un grenadier, nous nous sommes portés en avant.

Mais d'autres Boches ont rappliqué. C'étaient comme des fourmis qui sortaient de partout. Ils se sont mis à nous lancer des pétards [1].

Nous nous sommes planqués dans un trou d'obus. Eux étaient dans un autre, à quatre ou cinq mètres.

Moi, je tirais, et Monnet rattrapait les pétards sitôt qu'ils touchaient terre et les renvoyait avant qu'ils éclatent.

Il était épatant! Jamais il ne manquait son coup. Les Boches gueulaient! C'était un vrai plaisir!

— Comment cela : « il était... » lui demandé-je?

(1) Grenades à manche.

— Hélas! oui, mon capitaine. Il a été touché une demi-heure après...

J'ai crié aux Boches, poursuit Vuillaume : « Kamarade! » en leur faisant signe de se rendre. Mais ils nous ont répondu : « Nicht Kamaraden!... Kommen hier! »

Ils voulaient que ce soit nous qui nous rendions!

Alors j'ai tiré jusqu'à ce qu'ils lèvent les bras.

Les copains ont pu se porter à notre hauteur, et tout le monde s'est élancé dans le bois en criant : « En avant! En avant! on les a! »

Les Boches se sont débinés. Si vous aviez vu, mon capitaine, comme ils f... le camp! Ils faisaient vite! On voyait des officiers se cavaler en enfilant leur pantalon. Vous comprenez, il était de bonne heure. Ils étaient encore couchés!

Avec mon fusil et deux grenadiers à côté de moi, j'ai couru me placer sur le talus pour leur couper la retraite. Ceux qui n'ont pas été zigouillés se sont rendus. Pendant ce temps-là, les sapeurs du génie sont venus avec leurs réservoirs de liquide inflammable arroser les abris... Une fumée! Ça puait!... Mais on s'en f... Le bois était à nous. »

Résultats de l'opération : deux cent soixante-cinq prisonniers (dont deux officiers), sept mitrailleuses, six canons de tranchée, un grand nombre de fusils, un approvisionnement considérable de munitions et de vivres; et plus de deux cents cadavres boches restés sur le terrain!

Les broyeurs de noir peuvent se lamenter. Vuillaume, lui, a vu les Boches « se débiner » en tenant leur pantalon.

Il est sûr qu'on les aura.

Le Capitaine Martin du 363ᵉ R. I.

VINGT-NEUF ans. Et il est proposé au grade de chef de bataillon pour faits de guerre.

Voici un de ses faits de guerre.

Le 4 mai, nous attaquions la tranchée de X..., au nord-ouest de Reims.

Matinée radieuse. Le ciel d'un bleu sans fond, étincelant de lumière.

Au loin, la plaine blonde fouillée de trous d'obus, vide, sinistre ; mais on a le printemps au cœur.

A 6ʰ 50, la première vague d'assaut sort de la tranchée.

Vingt minutes après, le capitaine Martin, à la tête de son bataillon, avait atteint ses objectifs, s'y organisait défensivement et prenait toutes mesures pour repousser une contre-attaque possible, en attendant de poursuivre la progression suivant l'horaire fixé.

Tout à coup, une vive fusillade s'élève à sa droite.

— Il était 7ʰ30, me dit-il. Des mitrailleuses se mettent à claquer; des Boches surgissent au milieu des compagnies du bataillon voisin.

Ils sortaient de toutes parts dans la tranchée comme d'une éponge qu'on presse.

J'appelle mon agent de liaison.

— Tu vas joindre le commandant Bruder. Il faut que je connaisse la situation de son bataillon. Va le trouver lui-même, et tu viendras me rendre compte.

L'homme part..... Il ne revient pas.

Mais je vois bientôt des brancardiers ramener le commandant Bruder, la poitrine traversée d'une balle.

Soudain, privés de leur chef, des éléments

du bataillon refluent sur nous... Ils entraînent quelques-uns des miens... Ma droite risque d'être ébranlée.

Je m'y précipite. Une véritable pluie de balles nous accueille. J'en reçois une qui perce mon casque et me frappe ici (Il porte une trace sanglante à la tempe gauche. Diable! il l'a échappé belle).

Je suis un peu étourdi sous les chocs, mais je me ressaisis.

Mon clairon était auprès de moi.

— Sonne la charge!

Les clairons sont faits pour s'en servir.

Vous savez, ça prend aux entrailles, cette sonnerie-là!

Mes « gribiers » se sont arrêtés, se sont jetés, à coups de baïonnette, à coups de crosse sur les Boches, — qui ont tourné les talons.....

Le capitaine M... « dans le civil » était un pacifique opticien.

Le Colonel Roland, du 35ᵉ R. I.

———

De haute taille, fortement charpenté, très droit, une cinquantaine d'années, cheveux gris, coupés courts, soigneusement lissés et arrondis sur le front; l'œil légèrement voilé sous le pli de la paupière qui se continue par la patte d'oie profondément creusée; la moustache presque blanche relevée en croc, mais très simple. Une forte mouche à l'ancienne mode du soldat français. Figure de modestie, d'austérité et d'énergie.

Genre de soldats cherchant peu la popularité. La rigidité de leur conception du devoir fait que le troupier se sent, tout d'abord, mal à l'aise devant eux, et il le manifeste avec sa verdeur d'expression coutumière.

Arrive le 16 avril [1]. Le régiment doit attaquer.

A l'heure « H » (6 heures), dans la pâleur brumeuse du matin, on voit se dresser au-dessus de la tranchée de départ la haute stature du colonel.

A la tête de la première vague, il dirige l'assaut.

Calme, d'un pas égal, il marche sur les tranchées boches.

Électrisés, les hommes sont irrésistibles. Successivement, première, seconde position ennemie se trouvent conquises.

Les tirs de barrage se déclenchent avec fureur.

Les obus craquent de toutes parts, lançant vers le ciel leurs nuages de fumée noire et de terre.

Toujours impeccablement droite, la haute taille du colonel se dresse au-dessus du tumulte et de la poussière.

(1) Le 16 avril 1917, date de notre offensive entre Reims et Soissons.

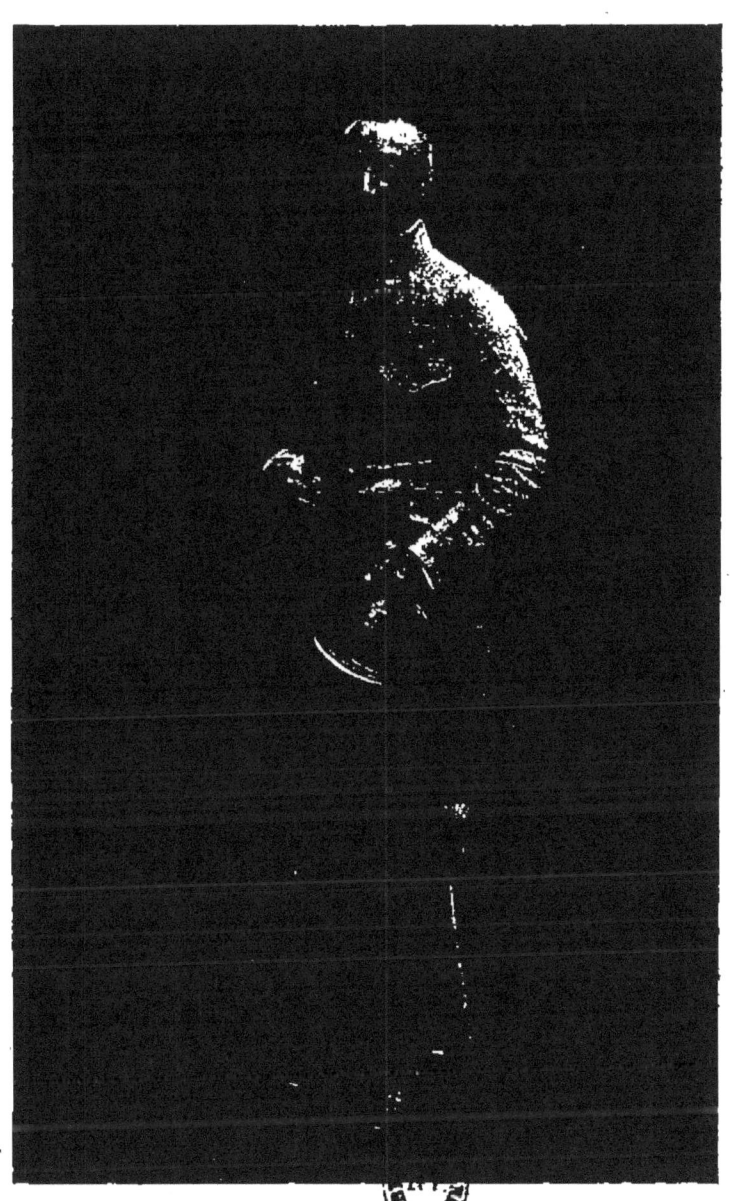

LIEUTENANT-COLONEL ROLAND, DU 35ᵉ R. I.

Il va, les yeux fixés vers le but.

Le but, c'est le village de Berméricourt.

A 8ʰ40, avant même l'heure prescrite, le colonel y entre, le premier. Les hommes le suivent.

Ce courage sublime les a conquis.

Ils applaudissent et fêtent leur chef de vivats.

Les mains se tendent. Les langues se délient. On est en confiance.

Un caporal[1] — un brave qui n'en est pas à sa première attaque — s'écrie :

— Eh bien! mon colonel! Cette fois on ne dit plus : « On les aura! » on peut dire : « On les a! »

Le colonel, alors, sent une émotion indicible l'étreindre. Les larmes lui montent.

Il balbutie :

— Mes enfants! Mes chers enfants!

Ils le suivront maintenant jusqu'à la mort.

(1) Le caporal Simonet (Voir *infra*, p. 133).

La Mort du Pilote

———

ON a fermé les persiennes de la petite chambre devenue chambre mortuaire. Le rideau est tiré, l'obscurité complète.

Pour cierge, une bougie sur la petite table couverte d'une nappe. Auprès, une branche de buis bénit.

Dans l'ombre, la flamme éclaire sur l'oreiller blanc le visage exsangue de l'infortuné jeune homme [1]. Ses cheveux châtains, sans encore un fil d'argent, pendent inertes et ternes le long de ses joues verdies. La mort a affiné ses traits. Il est souverainement beau. Le nez mince et droit, la bouche

[1] Le capitaine Couderc, de l'aviation de la Ve armée, tué le dimanche 25 février 1917.

délicate, la commissure des paupières un peu rougie.

Il est là, allongé sur le lit, dans sa vareuse noire d'artilleur sur laquelle sont posées sa croix d'honneur et sa croix de guerre aux trois palmes. Les deux mains croisées tiennent un crucifix, de leurs longs doigts cireux, effilés et retroussés du bout.

A côté de l'aumônier — en longue capote passée et chevronnée — qui, agenouillé, dit les prières, un camarade, le képi à la main, est debout. Il songe. A quoi? à la mort qui rôde sans cesse autour de nos vies? Non. Il pense à la vaillance de celui qui gît sur la couche funèbre, à son inlassable conscience, à la sûreté de cette intelligence. Il pense que ce sont les meilleurs qui s'en vont et que la guerre fait la sélection à rebours. Il pense aussi à la veuve et aux deux petits. Deux enfants! Consolation suprême! qui perpétueront un nom dont ils auront droit d'être fiers.

Samedi, il nous disait :

— J'ai idée que demain il fera beau. Je pourrai voler.

Il donnait son programme.

Et dimanche, ce fut en effet une radieuse journée de printemps. Un ciel rayonnant, d'un bleu sans fond, avec une brume légère enveloppant de gaze violette les arrière-plans et rendant plus lumineux les premiers. Une allégresse joyeuse flottait dans l'air. Les oiseaux chantaient; la terre au loin buvait la belle lumière, la belle lumière d'or annonciatrice triomphante des renouveaux victorieux.

Il partit. Et maintenant, le voici, pauvre chair inerte.

Au sortir, je croise le lieutenant Graffin, un cavalier. Petit, sec, blond. Figure d'aigle. C'est l'observateur qui était avec notre malheureux camarade.

— Comment cela s'est-il passé ?

— Nous sommes montés à 3.500. Quatre

Boches se sont immédiatement mis sur nous.
Les deux Nieuport qui nous accompagnaient
les ont pris en chasse. Trois des Boches ont
quitté la partie, mais la mitrailleuse d'un de
nos Nieuport s'est enrayée.

Le quatrième Boche a continué à tour-
noyer autour de nous.

Il y avait une demi-heure que nous cher-
chions à passer. Il était 15^{h}30. Enfin nous
crûmes le chemin libre... Nous filons...
Tout à coup, je vois le Boche qui restait
prendre de la hauteur, nous survoler, puis
se laisser tomber en nous rasant par derrière.

J'ai entendu claquer cinq ou six coups,
pas plus.

Je m'apprête à tirer... A ce moment notre
appareil pique. Le Boche en profite pour
s'échapper. Je pense : « Couderc veut revenir. » Mais l'appareil pique de plus en plus...
Je me retourne : je vois Couderc à la renverse
sur le siège... Il était mort. Un filet rouge
coulait sur sa poitrine.

Je me sentis perdu. Je confiai mon âme à Dieu. Il faut croire que l'on a dans ces cas-là une présence d'esprit qu'on ne se soupçonnait pas... Je brisai le mica et saisis le manche à balai... Or je ne connais rien au pilotage. Je ne sais pas comment je me suis sauvé. Je n'en sais rien. Ou plutôt si : j'ai fait les mouvements comme il fallait. L'appareil penchait à droite, j'ai porté le manche à balai à gauche : il s'est redressé, j'ai fait mon virage et j'ai dirigé sur un bois que je voyais.

Si ç'avaient été de gros arbres, j'aurais pu me casser quelque chose ; mais non, c'étaient des petits arbres, buissonneux. L'avion s'est posé tout doucement... Pas une égratignure !.....

Et l'on sent encore dans ses yeux l'épouvante de cette chute de 3.000 mètres, faite en pilotant le dos à la direction et face à face avec le cadavre de son compagnon.

Pauvre camarade! si souvent sorti victorieux de *la lutte*!

Que des plus nobles fleurs sa tombe sòit couverte!

Vivre et mourir pour la grandeur et la beauté de la société humaine à laquelle on appartient, c'est là le tout de l'homme.

II

TABLEAUX DE GUERRE

Relève de Janvier

CE soir[1], relève. Le régiment remonte en tranchées.

Nous partons du cantonnement de repos à 16 heures. Le soir tombe. Ciel gris, pluie fine. La route boueuse s'allonge sous l'ombre qui s'épaissit. Le vent affole les chevaux. La pluie, plus violente, nous aveugle. Le bon Tobie — mon cheval — se cabre, refuse d'avancer. Il faut descendre. A la sortie de Maffrécourt[2], je renvoie les chevaux, — au grand plaisir d'ailleurs d'Eustache, mon ordonnance.

La nuit est complète. Il fait noir à ne pas voir à trois pas. Je suis resté à la queue de

(1) 7 janvier 1916.
(2) Au sud-est de la Main de Massiges.

49

la compagnie avec les deux docteurs et un sous-lieutenant.

La pluie tombe de plus belle. Le vent de norois nous la chasse au visage. On croirait des aiguilles de grêle qui entrent dans la peau. La capote, lourde d'eau, bat les jambes. Près de moi, un pauvre troupier, courbé sous son sac, traîne lamentablement la jambe.

— Qu'est-ce que tu as ?

— Il y a trois jours que je suis malade, mon capitaine.

— De quoi souffres-tu ?

— De coliques.

— As-tu ta ceinture de flanelle ?

— Oui, mon capitaine, et bien serrée.

Il me dit cela d'un ton si las, que je n'ajoute rien que quelques mots d'encouragement. Parler même le fatigue certainement. Et puis, je n'ai pas de voiture où mettre son sac ; il lui faudra endurer son supplice jusqu'au bout.

Et le camarade qui guide la colonne, dans la nuit, s'est trompé! Il nous fait passer par Y... C'est un kilomètre et demi à deux kilomètres de plus pour les malheureux troupiers. La pause ne vient pas. Je souffre encore d'une vieille blessure reçue au début de la campagne, à la jambe droite. A cette heure, elle me lance atrocement. Chaque fois que le pied pose à terre, il me semble appuyer sur une dent cariée.

La pause, enfin !

Je prends le parti de marcher en tête de la compagnie pour éviter autant que possible les à-coups.

Devant moi, Champion mon clairon, le fusil pendu à l'épaule gauche, le bâton dans la main droite, allonge ses grandes jambes infatigables.

La pluie redouble. La tempête grandit, plaquant sur les jambes raidies les pans de capote lourds de pluie. La longue théorie silencieuse et souffrante s'espace de plus en plus sur la route. Les hommes tombent dans les fossés qui sont des cloaques. D'autres, qui ont les pieds en sang, les jambes ankylosées, la face brouillée par l'eau, avancent sans une plainte. Je songe avec angoisse que nous avons fait douze kilomètres et qu'il nous en reste dix à faire.

Pour comble, à tout instant passent des convois en sens inverse : c'est le régiment que nous relevons qui descend.

Les voitures, brutalement, nous rejettent dans le bas côté où l'on enfonce à pleine boue jusqu'à la cheville, roulent sur les pieds meurtris, avec la muflerie des charretiers pour les pauvres biffins.

La pluie, le vent font rage. C'est un hululement continu. On marche comme un troupeau ivre et titubant, aveuglé par la tempête.

A cela s'ajoute le sifflement des obus venus de droite, de gauche, d'en face. Ils traversent l'air avec un ronflement de wagons glissant sur des rails et vont éclater, « flaouff », à quelque cent mètres.

Le fracas devient assourdissant. La pauvre file d'hallucinés continue sa marche d'automates dans les ténèbres.....

Des maisons, quelques lumières. C'est le petit village de ... Encore six kilomètres. La nuit se raie de flammes, fusées et éclairs des départs. La faim commence à me tenailler. Si les hommes ont mangé avant de partir, nous, nous n'avons rien pris depuis midi.....

Des trous lumineux au pied d'une pente noire : c'est le ...ᵉ d'artillerie. Juste, un de ses groupes se met à tirer. Une même pensée vient à tous : si les Boches répondent, nous sommes perdus!

La route coude. Et toujours des champs inondés, où se reflète la lueur des fusées; toujours, dans la nuit, la membrure grêle des arbres effeuillés.

Sur un tertre, la carcasse tragique, trouée

d'obus d'une haute construction : c'est l'é-
glise de ...; elle semble le squelette de
quelque animal gigantesque.

Nous passons au pied et tournons à droite.
Voici le chemin de Z..., les hauts arbres
connus, dont certains gisent, déchiquetés
par les obus.

Le supplice de mes pauvres troupiers
touche à sa fin.

— Compagnie, halte! Repos de manœuvre.

Nous sommes arrivés.

Harassés, les hommes se laissent choir
sur leurs sacs, tirent des musettes quelques
provisions, boivent un coup de « pinard ».

Au bout de quelques minutes, les langues
recommencent à se délier. Le lieutenant de
jour vient me rendre compte que tout le
monde a rejoint.

Encore cinq minutes, et sac au dos! Dans
une demi-heure, chacun sera à sa place. Un
air me monte aux lèvres.

— Tiens, un qui chante.

— Ah! c'est le capitaine.

Le brave Paré, un de mes hommes de liaison, est devant moi. Il va guider la compagnie vers son nouveau poste. Les hommes ont déjà oublié leurs fatigues. Je les entends, derrière moi, rire, blaguer, chantonner. Tout à l'heure, ce sera le silence, et sans qu'on le commande.

Mais, pour le moment, ils s'ébrouent. Et je ne puis m'empêcher de penser à la merveilleuse puissance de bonne humeur de notre race. Ils tiendront les tranchées et gaillardement jusqu'à la relève prochaine.

Pour nous réduire, le Kaiser avait compté sans la force infinie de résistance de la gaieté française.

Le Coup de Main

———

AUJOURD'HUI [1], un coup de main sur le bastion de la Mine [2] est annoncé pour la tombée de la nuit.

L'artillerie doit pratiquer deux brèches dans le réseau boche et « encager » le coin du secteur ennemi que les fantassins iront explorer.

Journée de printemps. Les oiseaux déjà pépient joyeusement. Une douceur flotte dans l'air. Il ferait bon vivre. Au loin, la brume, fine comme une gaze, voile l'horizon. Après l'engourdissement des longs

[1] 16 février 1917.
[2] Au sud du bois des Buttes. En notre possession depuis l'offensive du 16 avril 1917.

jours de froid, c'est le dégel. La nature s'étire sous la tiède caresse du soleil.

La préparation a commencé.

Le 75 claque d'un coup sec. Les obus glissent au-dessus de nos têtes avec un sifflement et comme un miaulement plaintif. Par delà les champs déserts, sur les lisières de bois qui s'épaississent en masses grises, les arrivées frappent leurs rudes coups de marteau.

Un boyau conduit au poste de commandement du colonel [1].

Le colonel, type classique de soldat français, grand, sec, figure anguleuse, énergique et douce, très calme, attend au téléphone les résultats du « travail » des artilleurs.

— Mon colonel, je vous serais reconnaissant de me donner un agent de liaison.

— Accordé.

En route !

---

(1) Le colonel Mouveaux, commandant le 89e R. I.

Au couchant, le soleil semble entre les nuages une masse étincelante de métal en fusion d'où partent de longues traînées d'or fauve illuminant le gris fin du ciel.

Le fracas de la préparation d'artillerie, au fur et à mesure qu'on approche de la première ligne, devient assourdissant. « Flaouff! Flaouff! » C'est l'écrasement des bombes de crapouillot. « Paf! Paf! » C'est le 75 rageur. Les coups partent, tantôt par un, tantôt par salves, cependant que, semblables à des aigles aux larges ailes, nos avions tournoient au-dessus des lignes et, paisibles, surveillent la manœuvre.

Des nuages de fumée noire s'élèvent des points battus, épaississant la brume du soir qui déjà enveloppe toutes choses.

Rrac!

Les Boches réagissent...

Chute d'arbre ; pluie de terre dans le boyau : ce doit être du 105.

L'agent de liaison — un beau gaillard bien découplé — se retourne.

— Mon capitaine, est-ce que je vais trop vite?

— Non pas! En avant! en avant!

A droite, à gauche, les explosions ébranlent le sol. Devant, le fracas est de plus en plus effroyable. Il semble que l'on s'enfonce vers un gouffre de ténèbres et de flammes.

Au-dessus de nous, le bruit d'un moteur. Cette fois, c'est un oiseau boche qui tournoie. Un à un, on entend sa mitrailleuse égrener les coups. « Miaou! Pstt! » Des balles. Le bruit sec d'une branche cassée.

— Mon capitaine, ici, je ne sais plus.

Allons, bon! Comment s'y reconnaître dans le dédale de tranchées et de boyaux que nous venons de parcourir? Où aller?

Bah! « Faut pas s'en faire! » .

— C'est bien, mon garçon. Vous pouvez disposer.

Voici un groupe de poilus, debout devant la gueule béante d'une cagna.

— Qui est-ce qui commande ici?

— Le lieutenant X...

— Dites-lui de monter.

Un bruit de pas dans le trou sombre. Le lieutenant X... émerge.

— Conduisez-moi à la tranchée de départ.

Un détour, puis un autre, puis un autre encore, dans le tintamarre grandissant.

Nous y sommes.

Les poilus sont alignés le long de la banquette de tir, alertes, sanglés dans la vareuse; une musette à droite pour les grenades; le masque à gauche; le casque en tête, jugulaire au menton; au poing, le fusil armé de la baïonnette, semblable — dans le jour qui meurt — à une longue aiguille noire.

Un coup de sifflet.

L'officier qui commande l'attaque se dresse sur le dernier gradin de franchissement. Il s'avance, droit sur la brèche, — vingt mètres de terrain bouleversé et comme brûlé dans le réseau boche.

Au loin, une mitrailleuse crépite. De toutes parts les obus sifflent et craquent avec un vrombissement.

Un à un, chaque homme, en silence, suit, courbé en deux, soulevant la crosse du fusil, et court vers le parapet boche, une mince butte blanchâtre, derrière laquelle vient de disparaître l'officier.

L'ombre est presque complète.

Un bond.

Nous voilà chez l'ennemi.

Les cagnas ne sont pas comme chez nous. Le cadre d'entrée est plus petit et plus massif. L'escalier semble s'enfoncer tout droit, comme un puits mystérieux et terrible. Devant, on distingue, dans la semi-obscurité, le geste arrondi du poilu qui — au passage — y jette une grenade. On entend un craquement sourd... Une fumée sort...

Rien !

Une angoisse serre le cœur.

On ne voit pas à trois mètres.

Le pied bute sur des morceaux de rondins, des débris de ferraille. Tout a été bouleversé, les claies arrachées, les banquettes éboulées... Ici, une cagna écrasée. La poutre formant semelle est brisée par le milieu, les étais déchiquetés, calcinés. La terre s'est effondrée. Quelle destruction ! Ces décombres sentent le cadavre.

On s'arrête..., on écoute... Rien que le sifflement des balles, l'explosion des grenades, les « rrac ! » des obus. Autour de nous, les éclats se plantent en terre avec un ronflement de toupie. Une âcre odeur de poudre saisit à la gorge.

Second coup de sifflet. Il faut partir. A voix étouffée passe l'ordre : « Demi-tour ! »

Sans un mot, les ombres sortent une à une de la tranchée boche...

Une course sur la plaine.

Enfin ! chez nous !

Les balles peuvent claquer, les bombes à ailettes cingler comme des coups de fouet : les langues se délient.

L'un brandit un écriteau blanc aux lettres noires; l'autre tient une crosse brisée, une bretelle de cuir.

— J'ai tout ramassé. Je m'en f.....

Ils parlent tous à la fois, excités, rouges, en sueur, se mouchant, s'épongeant. Entre les pare-éclats, le long des banquettes de tir à demi effondrées, c'est un brouhaha, un encombrement affolé, cependant que, sous le ciel sombre, les explosions continuent d'éclater et les balles de frôler, sournoises, comme de grosses mouches au crissement aigu.

— Et des prisonniers?

— Nous n'avons rien vu... Il faisait noir. Et puis les crapouillots ont trop écrasé les abris...

— Mon capitaine! mon capitaine! Il y a un blessé resté sur la plaine... On entend ses cris... Il est debout contre un arbre...

En effet, de l'ombre sortent des gémissements : « A moi ! A moi ! »

— Il faut aller le chercher. Allons ! deux hommes, avec un sergent !

Sur notre droite, un brusque remous.

— Par ici ! par ici !... C'est nous qui les avons pris.

Deux Boches paraissent, entourés de troupiers qui gesticulent, parlent, rient, exultent.

L'un porte une casquette plate qui paraît neuve ; l'autre est coiffé d'un casque de tranchée qui lui couvre les oreilles comme un bonnet d'enfant.

On les pousse dans une sape. Nous descendons. Au bas des marches, une salle de cinq pieds carrés, encombrée, étouffante, à l'atmosphère lourde de toutes les haleines qui y respirent. La flamme jaune d'une bougie l'éclaire faiblement.

Le plus âgé des prisonniers est un homme de taille moyenne, traits durs, teint jaune, barbe couleur de vieux chaume, raide et mal coupée, des yeux faïence sous les sourcils châtain sale.

— *Von welchem Regiment sind Sie?* (De quel régiment êtes-vous?)

— *Wie alt sind Sie?* (Quel âge avez-vous?)

— *Sieben und dreissig Jahre.* (Trente-sept ans.)

— *Woher sind Sie?* (D'où êtes-vous?)

— *Von Ober-Franken.* (De Haute-Franconie.)

Et il se met à parler avec volubilité, en jouant des mâchoires comme un bonhomme articulé.

Littéralement, il hache de la paille.

Cet être verdâtre et mal équarri fait penser à un homme des bois. Quelle distance entre cet anthropoïde et nos paysans! Jamais je n'avais senti de façon aussi saisissante que nous étions toujours les légionnaires romains défendant le vieux sol gaulois contre les barbares.

65

L'autre a vingt et un ans. Il est du Pala-
tinat. Blond, à figure longue, au crâne volu-
mineux, au teint frais, ce Rhénan est certainement plus près de nous.....

On sort de la cagna... Il fait maintenant
nuit noire. A droite et à gauche du boyau
où nous avançons à tâtons, les 105 nous
accompagnent, déchirant les ténèbres des
lueurs fauves des éclatements...

Les « As » de la Grenade

SOIXANTE-DOUZE grenadiers et fusiliers-mitrailleurs enlevant de haute lutte une organisation boche et anéantissant plusieurs compagnies ennemies (on n'a pas compté moins de deux cents cadavres boches sur le terrain), voilà un fait d'armes qui vaut d'être cité.

Opération de détail, mais qui est à étudier de très près, dans une guerre où l'action des petites unités prend une importance considérable, et où, de plus en plus, la valeur individuelle se montre décisif facteur du succès.

Le 18 juin dernier [1], un coup de main

---

[1] 18 juin 1917.

vivement mené avait mis en notre possession un système de tranchées boches fort
gênant pour nous par l'avancée qu'il constituait à l'intérieur de nos lignes entre le
mont Cornillet et le mont Blond.

Le succès n'avait pas été complet toutefois : une partie de l'organisation boche —
la partie ouest — était restée aux mains de
l'ennemi.

Le commandement résolut de consolider
sans tarder les résultats acquis. Il ordonna
donc un nouveau coup de main pour le
21 juin au petit jour, à 3ʰ 30.

Comme les organisations dont il s'agissait
n'étaient pas protégées par des réseaux de
fils de fer, il fut décidé qu'elles seraient
attaquées sans préparation d'artillerie, afin
de ne pas donner l'éveil.

Un groupe de grenadiers de six escouades, appuyé en seconde ligne par trois
escouades de fusiliers-mitrailleurs, et flanqué
de huit mitrailleuses à droite et quatre à

gauche, devait attaquer à l'improviste la garnison allemande et la débusquer.

Afin de permettre à l'opération de s'effectuer sans l'intervention gênante de renforts boches, l'artillerie devait être en surveillance dès 3ʰ 15, prête à exécuter un tir de barrage, afin d'isoler de l'arrière l'îlot attaqué.

Le 21 au matin, donc, — la nuit étant encore noire, — tout le monde se trouvait à son poste. Même, le capitaine chargé de l'affaire avait jugé prudent d'envoyer, la veille, un de ses sous-lieutenants, le sous-lieutenant Alligné du 77ᵉ régiment d'infanterie, occuper dès 21 heures, avec deux sous-officiers, le maréchal des logis Pellerin du 16ᵉ chasseurs à cheval et le sergent Garnier du 248ᵉ d'infanterie, un « bouchon » [1] nous séparant des Boches dans le boyau d'où l'attaque devait partir.

_____

(1) Barrage en chicane, établi dans un boyau pour arrêter l'avance de l'ennemi.

.A 2ʰ 45, on apportait les dernières caisses de grenades. Nos hommes n'attendaient plus que l'heure « H » (3ʰ 30) pour s'élancer.

Or, voici que, dans la nuit où commencent à blanchir les premières pâleurs du jour, des ombres surgissent.

Des éclatements craquent, suivis de longs jets fulgurants.

Ce sont les Boches qui attaquent à coups de grenades incendiaires.

L'une d'elles tombe à deux mètres.

Alligné et ses deux sous-officiers sont atteints.

— J'ai eu un instant d'affolement, me disait Alligné sur son lit d'hôpital. J'avais la figure phosphorescente... C'était comme la lueur des chiffres sur les montres lumineuses... Je sentais des brûlures sur les mains, sur les cuisses, sur la poitrine, sur les joues...

(En effet, tout le côté droit de sa face n'est qu'une plaie. L'œil l'a échappé belle ;

heureusement la paupière seule a été atteinte.)

— Mais quand j'ai vu que je ne souffrais pas trop, je suis resté.

Nous avons pris des grenades, et en avant! dans le tas!

Au bout de vingt à vingt-cinq minutes, ils ont lâché pied.

Alors nous les avons talonnés.

Nous sommes entrés avec eux dans leur tranchée...

Quand j'ai vu que ça marchait bien du côté droit, je me suis porté sur la gauche, où notre mouvement paraissait arrêté...

De ce côté, des mitrailleuses prenant la tranchée attaquée d'enfilade empêchaient la progression et surtout interdisaient le ravitaillement en grenades.

Mais le capitaine Ullern, qui d'un petit poste en avant de nos lignes dirigeait l'attaque, les avait vues. A coups de V. B. [1],

[1] Grenades à fusil.

il les faisait battre. A 4^h 10, elles étaient réduites. Le mouvement en avant reprenait.

— Je m'étais dressé debout sur le parapet pour mieux diriger mon monde, continue Alligné.

Les Boches f... le camp! C'était un plaisir! Jamais je ne les avais vus filer comme ça.

Soudain, j'ai reçu comme un coup de fouet à l'épaule gauche. Je ne sentais plus mon bras. « Tiens! je suis touché! une balle!... » J'ai remué les doigts... Ils marchaient... Je me suis dit : Allons! il n'y a pas trop de mal!

On s'est remis à la poursuite des Boches.

Ils n'ont pas existé, mon capitaine!

Cependant Ullern faisait avancer les escouades de fusiliers-mitrailleurs, mettre en batterie sur la gauche une section de hotchkiss et vider chargeurs et bandes sur les Boches fuyant de trou d'obus en trou d'obus.

Les Boches déclenchaient successivement

deux contre-attaques, que nos mitrailleuses et nos grenadiers arrêtaient net.

A 5 heures, tout l'îlot attaqué était conquis, et deux tirs de représailles par 105 et 210 n'étaient que les manifestations brutales d'une rage impuissante.

A 5ʰ30, les grenadiers d'élite et les fusiliers-mitrailleurs étaient relevés.

Ils redescendaient des lignes, pourvus de casques, de fusils, de revolvers pris à l'ennemi.

Partout sur leur passage éclataient les applaudissements de leurs camarades du 166ᵉ régiment d'infanterie.

— Bravo! Vous les avez eus! Vous êtes des as!

Le nom leur restera : les « as de la grenade ».

Plus de deux cents cadavres boches jonchaient le terrain. Nos gens emportaient six mitrailleuses.

Leurs pertes?

En tout, trois tués et six blessés!

III

A VERDUN

Le 2ᵉ Tirailleurs pendant l'Offensive allemande sur Verdun

LE SACRIFICE DES ÉLÈVES CAPORAUX A LOUVEMONT [1]

UN vieux proverbe militaire dit : « Une troupe vaut ce que valent ses chefs. » Voici un fait de guerre qui montre ce que valent les cadres français de nos régiments indigènes.

Le 24 février 1916, à 20 heures, le lieutenant-colonel commandant le 2ᵉ tirailleurs de marche jetait à la lisière nord-nord-ouest du village de Louvemont une compagnie pour contenir les attaques allemandes menées par des forces supérieures.

A cette compagnie était rattaché le pelo-

[1] Récit fourni par le capitaine Bernard du 2ᵉ tirailleurs de marche.

ton des élèves caporaux français, que la rapidité avec laquelle le régiment avait été engagé n'avait pas permis de répartir dans les compagnies.

Ce peloton comprenait deux sergents, deux caporaux et cinquante-quatre tirailleurs, et était commandé par le sous-lieutenant Diry.

Il reçut la mission d'assurer la défense de la lisière du village dans la direction de Beaumont.

Il fallait à tout prix arrêter là l'ennemi et lui interdire l'accès de la côte du Poivre.

Tous, dans cette troupe d'élite, avaient compris la grandeur et la gravité de cette mission ; tous étaient résolus à la remplir.

Dès 8 heures, le 25 février 1916, l'attaque boche se déchaîna. Un bombardement formidable d'artillerie lourde de tous calibres écrase nos lignes.

A midi, l'infanterie attaque ; elle est fauchée par le feu de nos tirailleurs.

A 13 heures, le bombardement reprend avec une intensité terrifiante. Les obus de 210 pleuvent sur Louvemont, la barrière à abattre pour atteindre la côte du Poivre.

A 16 heures, c'est-à-dire après trois heures d'écrasement par l'artillerie, l'infanterie renouvelle l'attaque. Elle arrive jusqu'aux lisières de Louvemont. Les élèves caporaux se battent avec acharnement; pas un qui songe à la retraite; tous ont fait le sacrifice de leur vie.

Enfin, à 18 heures, sur l'ordre formel de se replier, le sous-lieutenant Diry ramène lentement en arrière... neuf tirailleurs.

Quarante-neuf sont glorieusement tombés à leur poste, simplement, héroïquement..., parce que c'était l'ordre et qu'il le fallait.

Un Récit autorisé de la Reprise du P. C.[1] 119 et de la Batterie C (ouest de l'ouvrage de Thiaumont) par le 2e Bataillon du 115e R. I., les 15 et 16 juillet 1916

L A foudroyante reprise du fort de Douaumont, le 24 octobre 1916, restera un des exploits les plus éclatants de cette guerre. Les soldats du général Mangin se sont couverts d'une gloire incomparable. Toutefois, il ne faudrait pas que cette gloire nous fît oublier l'héroïsme tenace et magnifique, grâce auquel nos troupes ont pu se maintenir sur la ligne Thiaumont—Fleury, d'où est partie l'offensive victorieuse du 24 octobre.

(1) P. C., abréviation pour : Poste de commandement.

ROUTE DE VERDUN A DOUAUMONT — POSTE-ABRI, 24 DÉCEMBRE 1916

DEVANT THIAUMONT (MEUSE). — LE RAVIN DE LA MORT

C'est ainsi que par de brillants assauts, les 15 et 16 juillet, le 115ᵉ régiment d'infanterie se rendait maître du P. C. 119 et de la batterie C, et par là nous permettait la réoccupation, le 3 août, de l'ouvrage de Thiaumont, tombé comme on sait aux mains de l'ennemi.

Le P. C. 119 est une redoute bétonnée d'une quinzaine de mètres environ de façade, située à quelque sept cents mètres de l'ouvrage de Thiaumont et appuyée au nord-est par la batterie C, placée à proximité même de l'ouvrage.

P. C. 119 et batterie C commandant l'accès, par l'ouest, de Thiaumont, étaient d'une importance capitale pour la réoccupation de ce point d'appui indispensable.

Le 115ᵉ (colonel Kieffer) avait ses lignes au nord-est de la côte de Froideterre. C'est de là que l'attaque devait se déclencher.

Le 15 juillet, à 4 heures, le 2ᵉ bataillon (commandant de Boisrouvray) occupe ses emplacements de départ.

81

Le terrain est entièrement bouleversé par les bombardements précédents. Sur ces croupes naguère couvertes de verdure, plus un arbre. De loin en loin un tronc déchiqueté montre qu'il y eut là un bois. Des trous d'obus partout creusent la terre où toute végétation a disparu. Pas un brin d'herbe. Sous le grand soleil des journées précédentes on croyait voir un paysage de dune dont la désolation serrait le cœur.

C'est sur ce sol, où tout travail permettant une fortification passagère sérieuse est impossible, que les deux compagnies d'attaque, 5ᵉ et 7ᵉ, se sont déployées.

La 7ᵉ, à gauche (capitaine Denis), se tient dans un embryon de tranchée; mais la compagnie de droite, 5ᵉ (lieutenant Tamisier), n'a pour tout abri que des entonnoirs d'obus.

En arrière, la 6ᵉ compagnie est en réserve.

Bien que sur une seule ligne, les deux

compagnies d'attaque ont pour mission de s'élancer en deux vagues successives à vingt pas de distance, les mitrailleuses devant partir avec la deuxième vague.

Le jour paraît, gris, avec un très léger crachin. P. C. 119 semble avoir fort peu souffert du tir de notre artillerie. Les tranchées qui l'entourent sont intactes. Seule, la face sud-est présente une brèche; encore les reconnaissances y signalent-elles des mitrailleuses.

La préparation d'artillerie recommence. Tir en général trop court. En revanche, les 150 et les 210 boches écrasent littéralement notre ligne de départ.

La 5ᵉ compagnie est particulièrement éprouvée et perd son chef.

A 7 heures, le commandant de Boisrouvray lui envoie un renfort et donne l'ordre d'attaque.

A gauche, la vague d'assaut est arrêtée presque immédiatement par un barrage de mitrailleuses.

A droite, le mouvement semble mieux réussir. Mais bientôt, sous la pluie d'acier lancée par les batteries allemandes, la vague d'assaut se dissocie, tournoie et, seul, un groupe magnifiquement entraîné par le sous-lieutenant Destreil — un petit classe 16 — parvient jusqu'à l'ouvrage et couronne les parapets. Mais accablées par le nombre, les héroïques capotes bleues tombent. On sut, au soir, que tous ces braves avaient été tués, sauf un seul, fait prisonnier.

Car le 2ᵉ bataillon du 115ᵉ ne veut pas rester sur cet échec, si sanglant soit-il.

Il se reforme sur ses positions de départ.

Les 5ᵉ et 6ᵉ compagnies sont réunies en une seule sous le commandement du lieutenant Chaumette, un jeune normalien qui allait montrer, comme tant d'autres de ses camarades l'ont fait dans cette guerre, qu'un homme de pensée peut aussi être un homme d'action.

Compte rendu de la situation est envoyé

au commandement, ainsi qu'une demande instante de tir de destruction sur P. C. 119.

Mais l'artillerie déclare qu'un observateur a signalé le point comme étant occupé par des Français très nettement reconnaissables.

« Ces Français, ce sont les cadavres de ceux qui ce matin l'ont atteint et s'y sont fait tuer ! » est-il répondu.

La préparation est en conséquence entreprise, et, à 18ʰ 50, les survivants du 2ᵉ bataillon du 115ᵉ, d'un seul élan, sur une seule ligne, enlèvent P. C. 119 et les tranchées qui l'entourent, aux applaudissements d'un régiment voisin et à ses cris mille fois répétés de : « Bravo, le 115ᵉ ! »

Le lendemain soir, après avoir repoussé deux violentes contre-attaques, les vainqueurs de P. C. 119 enlevaient la batterie C, rendant possible ainsi la reprise de l'ouvrage de Thiaumont d'où les bataillons de Mangin devaient s'élancer le 24 octobre.

Les Manceaux et les Parisiens du 115ᵉ régiment d'infanterie avaient bien mérité de la Patrie.

C'est ainsi que, dans ce coin martelé par les obus, la défense et la reconquête opiniâtres de chaque pied de terrain ont permis et permettront encore les retours victorieux.

« *Présentez vos Armes !* »

———

C'ÉTAIT pendant notre offensive de Verdun de décembre 1916.

Le vendredi 15 décembre, à 9ʰ50, le 1ᵉʳ bataillon du 2ᵉ tirailleurs sort de la tranchée de départ, à gauche de l'église de Douaumont.

Ciel couvert, jour blafard. Il fait triste et il fait froid. On enfonce dans la boue jusqu'au genou. Les capotes kaki sont couvertes d'une couche terreuse. Les hommes semblent vêtus de boue.

En tête, marchent les grenadiers et les sapeurs.

Il s'agit de parvenir jusqu'à la ligne des

Chambrettes, objectif assigné au régiment, c'est-à-dire qu'il faut conquérir une profondeur de terrain de près de trois kilomètres, ravinée, difficile, et où l'ennemi a accumulé des travaux de toute sorte.

La préparation d'artillerie ne peut jamais écraser complètement les obstacles qui s'opposent à la progression de l'infanterie.

Il en reste toujours quelques-uns, en particulier des abris de mitrailleuses. De plus, on a affaire ici à un régiment d'élite : le 6e grenadiers.

A peine la première vague a-t-elle escaladé les gradins de franchissement, que l'on entend le « tac-tac » de la « machine à secouer les capotes » [1].

Cinq mitrailleuses nichées dans l'église de Douaumont claquent à toute volée.

Nos grenadiers se précipitent, broient les servants sur leurs pièces à coups de grenades, et, continuant à descendre les pentes cri-

(1) La mitrailleuse.

blées de trous de marmites, encombrées de morceaux de fils de fer qui s'empêtrent dans les jambes, d'éclats de bois, de rondins brisés, arrivent jusqu'au ravin du Helly.

Là, les Boches avaient organisé de vastes abris, à dix mètres sous terre, et où aurait pu tenir un régiment.

Les tranchées sont bouleversées : plus de banquettes, plus de parapets; c'est un amoncellement de terres déchiquetées, de piquets arrachés; on ne saurait distinguer les pare-éclats des éléments de tir.

En trébuchant à chaque pas, il faut sauter d'éboulement en éboulement.

Mais des Boches ont échappé au pilonnage, grâce à la solidité des abris.

Devant les assaillants, la fusillade crépite, les grenades explosent.

A mesure qu'on progresse, la destruction est moins complète.

De l'ouverture sombre d'une cagna partent des coups de feu.

En rampant, deux « askris » [1] se glissent jusqu'auprès et y lancent des grenades.

Mais les Boches ont dû dresser à l'intérieur. de l'escalier des espèces de batardeaux qui arrêtent les projectiles. Les coups de feu continuent. Impossible de passer.

En hâte on fait venir des sapeurs du génie avec un réservoir de liquide inflammable.

Le jet fauve sort du lance-flammes, pénètre dans la cagna, d'où jaillissent aussitôt avec un ronflement des langues de feu et des tourbillons de fumée noire.

Une chaleur effroyable tient à distance.

Quelques minutes.

L'incendie s'apaise.

En avant !

Il est 11 heures, la majeure partie du ravin du Helly est entre nos mains.

Déjà les nettoyeurs de tranchées sortent

(1) Guerrier, en arabe. C'est ainsi que s'appellent eux-mêmes les tirailleurs.

des gourbis les cadavres qu'ils alignent dans les trous d'obus et les blessés qu'ils évacuent vers l'arrière.

On prépare un P. C. pour le colonel.

Mais, dans un bout de tranchée, les « paf! paf! » secs du fusil boche claquent encore.

C'est le colonel commandant le régiment boche, le colonel von Kaisenberg, qui est sorti de son P. C. et qui, entouré de son état-major, — un major [1], deux capitaines, un lieutenant et trois médecins — continue la résistance.

Ils ont dressé un barrage de sacs à terre et de rondins, mis en batterie une mitrailleuse, que le colonel sert lui-même.

Les sapeurs s'approchent :

— Rendez-vous!

Pour toute réponse, une rafale.

Le caporal Thomas et le sapeur Fleurquin ajustent le colonel qui tombe, frappé à la tête.

(1) Le grade de « major » équivaut à peu près à celui de commandant.

Le petit groupe d'officiers se rend.

On porte le corps du colonel dans le P. C. français.

Le colonel de Saint-Maurice [1] fait disposer un brancard d'ambulance.

Le corps du colonel Kaisenberg y est étendu. La bouche entr'ouverte découvre les dents serrées. Les yeux sont révulsés, les lèvres exsangues.

Un filet de sang coule le long de la joue.

L'officier d'ordonnance du colonel — haute taille, sec, blond, une trentaine d'années—s'approche, encadré de deux tirailleurs.

Il a demandé à voir son chef.

Devant le corps, il tombe à genoux et porte aux lèvres la main qui pend hors du brancard.

Un des deux mitrailleurs qui le gardent est précisément Fleurquin.

Classe 14, châtain clair, visage coloré; aux joues seulement un juvénile duvet blond,

(1) Commandant le 2e tirailleurs.

92

mais le masque est énergique sous le casque kaki, bossué du croissant.

Il est des pays envahis, de Lille.

Depuis vingt-neuf mois il n'a aucune nouvelle des siens. Il sait les horreurs que les Boches ont commises, les pillages, les incendies, les viols, les déportations, et — supplice plus horrible que tout autre — le travail forcé au profit des brutes exécrées.

Mais les réflexes de l'honneur français à ce moment parlent seuls.

D'un geste instinctif, il présente l'arme.

La main gauche claque sur la bretelle du fusil.

L'officier boche lève la tête, interdit, regarde le soldat qui reste immobile.

Alors une émotion indicible l'étreint. Il sent les larmes monter.

Il balbutie :

— Je suis touché, très touché !

— C'est la différence entre notre sang et

le vôtre, réplique un officier de tirailleurs présent [1] : « Nous savons respecter nos ennemis vaincus. »

(1) Le lieutenant Connolly.

IV

DANS LA SOMME

Comment le Fusilier Couapel[1], du 94ᵉ R. I., a gagné la Légion d'honneur à Sailly-Sallisel

LE 29 octobre 1916, après un bombardement violent des premières lignes ennemies par notre artillerie, une section de la 5ᵉ compagnie du 94ᵉ régiment d'infanterie recevait l'ordre de se porter jusqu'à la tranchée boche de l' « Église[2] » pour se rendre compte de l'effet de notre bombardement et — si possible — l'occuper.

Un quart d'heure à peine après la tombée de la nuit, vers 18 heures, la section, sous

---

(1) Tué comme caporal, le 29 août 1917, à Verdun.

(2) Ainsi appelée parce qu'elle passait sur l'*emplacement* de l'église du petit village détruit.

les ordres du sous-lieutenant Bailly, sortait de nos lignes.

Depuis cinq jours il a plu sans discontinuer. Sol détrempé. Une boue épaisse, gluante, dans laquelle les pieds enfoncent et d'où les souliers ne peuvent se dégager.

Il n'y a que cinquante à soixante mètres à franchir, mais il fait déjà nuit noire, et quel terrain! complètement bouleversé par le marmitage des deux artilleries! On patine dans la boue pour rouler dans les trous d'obus.

Néanmoins, l'énergique petite troupe aborde rapidement la tranchée ennemie. Les Boches, surpris, peuvent à peine tirer quelques coups de feu : Couapel en tête, nos troupiers fondent sur eux.

Ils distinguent dans la nuit des êtres hagards qui lèvent les bras en criant : *Kamerade!*

Couapel fait signe aux *Kameraden* de se mettre de côté et entraîne ses compagnons en avant dans la tranchée qu'il faut occuper, et où lui-même s'apprête à mettre en batterie son fusil-mitrailleur.

Mais les unités boches voisines contre-attaquent à la grenade. Les uns après les autres, Couapel voit tomber ses compagnons, tués ou blessés.

Lieutenant, sergents et caporaux sont atteints.

Plus de gradés.

Or, on n'a pas eu le temps de désarmer les prisonniers. Que faire s'ils se ressaisissent et attaquent par derrière, pendant qu'on est pris de face et de flanc par la contre-attaque ?

La situation est terrible.

Couapel ne perd pas son sang-froid.

Il se retourne vers la troupe de prisonniers boches, leur fait signe de le suivre, et, prenant la tête de la colonne, se met en devoir — au milieu des ténèbres — de les ramener dans nos lignes.

Il va au jugé.

Comme il est seul, il lui faut surveiller la marche des derniers aussi bien que des premiers. Ils sont vingt-trois.

Les balles sifflent. A droite, à gauche, les éclatements déchirent les ténèbres de lueurs fauves aveuglantes, car l'artillerie boche a déclenché le tir de barrage. Il voit un entonnoir d'obus. Il fait signe à ses prisonniers de s'y planquer. Lui-même se place sur le rebord avec son fusil-mitrailleur pour les tenir en respect.

Mais voici qu'il aperçoit une mince lumière. Une voix s'adresse en allemand aux prisonniers.

— Qui est-ce qui parle ici ?

— Officier du 94ᵉ, 2ᵉ bataillon. Qui êtes-vous ?

— Soldat Couapel, fusilier-mitrailleur.

— Vous êtes seul ?

— Oui.

— Attendez, je vous envoie du renfort.

C'est un lieutenant du 94ᵉ devant son abri.

Il adresse quelques hommes au brave Couapel, qui les expédie à la recherche des autres Boches faits prisonniers dans la tranchée, et qui s'étaient égaillés.

De trou d'obus en trou d'obus, on en ramène une trentaine.

A 19ʰ 30, suivi de ses Boches — cinquante-deux exactement — Couapel se présentait au poste de commandement du chef de bataillon.

Mais sa tâche n'était pas finie.

Le lendemain, à vingt mètres des Boches, sous les balles, il organisait avec quelques survivants de sa section une tranchée d'approche à l'abri d'un gros arbre abattu. Les Boches marmitent; l'arbre, atteint d'un obus, croule, écrasant un homme sous sa masse.

Couapel monte sur la plaine pour essayer de le retirer, — malgré les cris de ses camarades :

— Descends! tu vas te faire tuer! Il ne bouge plus! Il est mort!

« Mais, raconte Couapel, je voyais encore les doigts remuer. »

Il fait tant et si bien qu'il dégage son camarade.....

A vingt mètres des Boches! dans la fusillade et le craquement des marmites!

Quelques jours après, à la descente des tranchées, le lieutenant-colonel Detrie commandant le régiment avait la joie d'épingler le ruban rouge sur la poitrine de ce vrai héros.

C'est un grand gaillard, un Breton du recrutement de Saint-Malo. Classe 1906. Moustache blonde, yeux bleus. Tout simple. Un air de force saine et aussi de douceur qui paraît surtout lorsque la figure s'éclaire d'un sourire.

Chose curieuse, il avait été réformé pour faiblesse cardiaque et n'est au front que depuis le 30 octobre 1915.

Mais il y a toujours montré que, pour un brave, la faiblesse cardiaque n'empêche pas d'avoir du cœur.

Comment le 16ᵉ bataillon de Chasseurs à pied a emporté la tranchée allemande de l'Église, à Sailly-Sallisel, le 5 novembre 1916

———

Le dimanche 5 novembre, à 11ʰ 10, le 16ᵉ bataillon de chasseurs à pied (commandant d'Aquin) attaquait la tranchée dite de l'Église à Sailly-Sallisel. Dix minutes après, la tranchée était entre nos mains, deux mitrailleuses prises et une centaine de prisonniers dirigés sur nos lignes.

Fait d'armes analogue à beaucoup d'autres accomplis au cours de cette guerre ; mais ici, les circonstances en font un extraordinaire et admirable exploit.

Le 16ᵉ bataillon, qui s'était déjà distingué à la prise de Rancourt, le 26 septembre, était remonté en tranchées le 25 octobre. N'ayant pu encore réparer les pertes subies au premier séjour, il n'alignait guère plus de quatre cents fusils.

Aussi, l'intention du commandement était-elle de ne demander à cette troupe d'élite qu'un effort violent, mais rapide.

— Vous attaquerez dans deux jours et vous serez relevés.

Des contre temps font retarder l'attaque de dix jours.

Pendant dix jours, les chasseurs du 16e bataillon doivent tenir les premières lignes sous un bombardement incessant, dans un sol tellement ameubli (il pleut sans discontinuer) que le secteur est un véritable marécage où l'on enfonce jusqu'en haut des cuisses, où il est impossible de creuser une tranchée, à plus forte raison un abri, où le ravitaillement ne peut se faire qu'à dos d'hommes et la nuit. Jamais de soupe chaude. Pour boisson, de l'eau bourbeuse.

Les capotes lourdes d'eau, lourdes de boue, collent après les jambes. Impossible de se réchauffer. Et toujours le ciel bas verse la même pluie fine, implacable. Toujours aussi des 210, des 150, des 105 fusants s'abattent sur nos lignes.

Dans les journées du 31 octobre au 1er novembre, les Boches martèlent nos positions d'un bombardement d'une telle violence, le sol est si complètement bouleversé que les agents de liaison du commandant se perdent quand ils vont du poste de commandement à la première ligne. Or, ils n'ont que cinquante ou soixante mètres à franchir.

Après le pilonnage, une attaque.

Elle est repoussée.

Mais les hommes sont si exténués que, le surlendemain, 3 novembre, le commandant d'Aquin croyait de son devoir d'avertir le commandement de l'état d'épuisement où se trouvait son bataillon après ce séjour de huit jours dans la boue, sans sommeil, sans pain et sous un bombardement ininterrompu.

Son rapport se terminait par cette phrase héroïque :

« Les forces physiques sont à bout, les forces morales subsistent seules. »

Les forces morales subsistaient, et leur pouvoir était tel qu'elles allaient permettre d'accomplir l'exploit du 5 novembre.

Le dimanche 5 novembre, en effet, dès l'aube, la préparation d'artillerie française martèle la tranchée boche.

A 11ʰ 10 — heure fixée pour l'attaque — l'artillerie allonge son tir.

Alors on vit un spectacle prodigieux.

Des lignes françaises, des blocs de boue surgissent.

Les Boches sont à une distance variant de quatre-vingts à cent cinquante mètres. La terre est mouvante, gluante, on s'y enlise à chaque pas. En un clin d'œil cependant, les

« diables bleus » sont sur l'ennemi, sans tirer un coup de fusil : les armes sont d'ailleurs tellement pleines de boue qu'on ne saurait ouvrir la culasse.

A coups de crosse, à coups de baïonnette, ils assomment, ils égorgent les mitrailleurs boches sur leurs pièces. Grenadiers et fusiliers n'ont qu'à se rendre s'ils ne veulent être tués.

Quatre cents mètres de tranchées sont nettoyés.

Il y a à peine dix minutes que l'attaque est déclenchée, que déjà une troupe d'uniformes gris-vert, aux calots plats à bordure rouge, se dirige vers notre poste de commandement — une centaine environ.

Avec eux venaient quelques-uns des vainqueurs portant deux lourdes mitrailleuses de position. Privations et souffrances étaient oubliées. Dans leur enthousiasme, les chasseurs — avec les mitrailleuses — s'étaient même chargés des plates-formes !

« Les forces physiques sont à bout, les forces morales subsistent seules. »

Quelques semaines de repos ont suffi à reconstituer les premières.

Et maintenant, il faudrait que les Boches — qui ont le triomphe si facile — puissent voir défiler le 16ᵉ bataillon de chasseurs à pied aux accents de la *Sidi-Brahim*. Ils se rendraient compte que, quelle que soit la durée de la guerre, ils trouveront toujours devant eux de solides gars de France pour leur répondre.

Vous n'avez pas de fusil ?

Prenez des pierres !

———

C'ÉTAIT le mercredi 1er novembre 1916. Le dimanche précédent, le bataillon [1] s'était emparé d'une tranchée boche.

Le lundi, il avait organisé les positions conquises, sous la pluie, dans cette boue rouge et gluante de la Somme où l'on enfonçait jusqu'au-dessus du genou, et malgré les éclatements d'un bombardement intense par 77, 105 et 210.

Voyant que, malgré tout, nous consolidions d'heure en heure notre situation et manifestions l'intention bien arrêtée de conserver coûte que coûte le terrain gagné, les

———

(1) Le 2º bataillon du 94e régiment d'infanterie.

Boches résolurent d'employer les grands moyens.

Le mardi, dès 9ʰ 15, ils déchaînent un bombardement sans précédent. Ceux mêmes qui avaient été à Verdun aux plus mauvais jours n'avaient rien vu de pareil. Les rafales de 210 s'abattaient à raison de quinze obus par minute, et cela sans arrêt jusqu'au soir. A la nuit, ainsi qu'il est si souvent arrivé à Verdun, le pilonnage augmentait encore de violence.

Il ne devait s'arrêter que le lendemain à 6ʰ 15. Vingt et une heures de *Trommelfeuer!*

Que l'on s'imagine les défenseurs d'une position sous ce déluge d'acier!

Les hommes sont accroupis, pelotonnés dans leur trou de « marmite ». Au-dessus de leur tête crissent sans arrêt les gros obus, avec des bruits de trains rapides, pour aller craquer d'un éclat effroyable à droite, à gauche, en avant, en arrière. Le sang monte aux joues. La tête est en feu. Les oreilles bourdonnent. L'odeur âcre de la poudre saisit à la gorge. Impossible de respirer. Enfoncé jusqu'à mi-cuisse dans la boue, vous êtes encore à tout moment couvert de terre soulevée par l'explosion, de débris humains, bras, jambes, matière cérébrale, qui se plaquent à côté de vous, sur vous..., tandis que de toutes parts s'enfoncent les éclats avec un ronflement rageur.

La nuit arrive.

C'est le moment où l'on peut sortir de son trou, bouger, faire quelques pas, sans craindre qu'aussitôt la balle traîtresse ne miaule à votre oreille.

Mais c'est une nuit de novembre.

Il fait noir à ne pas voir à deux pas. Partout des entonnoirs d'obus, des flaques d'eau. Pas une piste. « Où aller? » se demandent les hommes de soupe qui, les bouthéons à la main, cherchent la ligne où ils trouveront leurs camarades. Les obus pleuvent. Les lueurs fauves vous aveuglent... Une fusée éclairante : clarté de clair de lune ; il faut s'arrêter, accroupi ; pas un mouvement, sous peine de mort... Une détonation formidable : vous êtes projeté à terre, étourdi, assommé. A côté, un malheureux se tord, à demi broyé.

Ce sont de longs gémissements douloureux.

— A moi ! à moi !

Comment le secourir ? pas d'infirmiers ! Des camarades ? où en trouver pour transporter le corps saignant ? Si l'on s'écarte de la direction prise, la retrouvera-t-on ?... Et les craquements, les tournoiements invisibles des éclats ne cessent pas un instant.

Le malheureux reste là. Au jour, peut-être, on pourra le secourir.

C'est l'égoïsme inexorable du champ de bataille.

On continue la route, haletant, la caisse de grenades sur l'épaule ou les bouthéons à la main.

VUE DE SAILLY-SALLISEL

SOUS-LIEUTENANT MASSART, DU 94ᵉ R. I.

Oh! cet héroïsme obscur, qui lui rendra justice?

Cette guerre aura vraiment été trop différente pour les uns et les autres.

Qui comprendra le respect dû au fantassin martyr? Ceux à qui ce bloc de boue, par ses souffrances de tous les instants, permit pendant ces trente-deux mois [1] de coucher dans des draps, ne sont pas ceux, hélas! qui ont la plus nette conscience de leur dette envers lui...

Cette effroyable nuit prit fin.

Le jour se leva, un jour blafard, souffreteux, timide, brouillé de pluie fine.

Ils n'étaient pas nombreux, ceux qui, sous leurs capotes lourdes comme des éponges et couvertes d'une carapace de boue, veillaient, à demi enlisés, derrière les décombres!

Sur tout le bataillon il restait un peu plus d'une centaine d'hommes. Une des compa-

[1] Écrit en mars 1917.

gnies est réduite à dix-huit combattants. Plus d'officiers, tous tués ou blessés.

Au petit jour, le capitaine [1] qui commande le bataillon envoie un jeune sous-lieutenant [2], le seul officier qui reste à ses côtés, prendre le commandement de cette poignée d'hommes. C'est un solide gaillard de la classe 14, grand, taillé en force, blond, yeux bleus, mâchoire énergique, une impression de santé robuste.

A peine est-il arrivé que l'artillerie allemande cesse son feu. L'attaque préparée se prononce : neuf *Stosstruppen* (sections d'assaut) de dix hommes chacune, en colonne par un, suivies par des vagues de bataillon à cinquante mètres derrière.

Le sous-lieutenant regarde autour de lui. Les « poilus » ne sont plus que des blocs de boue. Les armes ont été brisées, ensevelies dans la terre mouvante par le bombar-

(1) Le capitaine Bouchacourt.
(2) Sous-lieutenant Massart.

dement; celles que les hommes ont encore sont hors d'usage ; impossible de manœuvrer la culasse.

Et les Boches qui avancent !

Or, les maisons démolies ont jonché le sol de morceaux de briques.

L'officier se tourne vers ses hommes :

— Vous n'avez pas de fusil ? Moi non plus ! Faites comme moi, prenez des pierres !

Et saisissant une brique, il donne l'exemple.

Une pluie de projectiles d'un nouveau genre s'abat sur les « Fritz » trop aventurés... Une mitrailleuse les prend de flanc... Notre barrage se déclenche. L'attaque est enrayée !...

Chapeau bas devant de tels hommes !

V

L'OFFENSIVE
ENTRE REIMS ET SOISSONS

La Gare de Ravitaillement

———

MATINÉE radieuse. Soleil, et froid piquant.
On est en train d'achever la construction d'une voie de garage. Enveloppés dans
leurs capuchons jaunes de toile huilée, les
moufles aux mains et la goutte au nez, des
territoriaux calent le butoir.

D'autres travaillent au tablier d'une passe-
relle en fer dont on voit les poutres rouges
enjamber la voie.

Le long des rails, sur la terre blanche de
neige rosie par le soleil, des amoncellements
sous des bâches vertes ou camouflées : sacs
d'avoine, caisses de conserves, balles de
fourrage, etc...

Certains de ces tas — hauts comme des

maisons — n'ont pu être recouverts et la neige y dessine des gradins blancs.

Un train de ravitaillement vient d'arriver. On en descend un troupeau de bœufs au pelage roux. Ils courent sur les tas de balles de foin, au grand désespoir des bouviers qui les poursuivent en brandissant leur trique.

Plus loin, on décharge des boules de pain, des caisses de biscuits, des tonneaux de bienfaisant « pinard », au milieu des cris et des éclats de voix, et sous l'œil attentif d'officiers d'administration qui surveillent si « leur compte est exact ».

Les appels se croisent, les marteaux au son clair frappent sur les poutrelles de fer ; les poulies grincent ; c'est un brouhaha immense et confus qui s'élève de cette foule grouillante.

Au bas du remblai, la petite rivière étale ses eaux engourdies au milieu des arbres encore dépouillés par l'hiver et dont la glace encercle le pied d'un anneau d'argent. Çà et là flottent des îlots blancs de neige, cependant que dans le clair soleil, des rossignols chantent à plein gosier.

Sous la lumière joyeuse et vibrante, dans la nature qui recueille ses forces pour les éclosions printanières, c'est un fourmillement incessant, un labeur obscur et fécond, puissant annonciateur des délivrances futures.

L'Offensive du 16 avril

entre Reims et Soissons

AVEC UNE DIVISION D'ATTAQUE

A 4ʰ 45. — Une lumière pâle blanchit faiblement le ciel lourd de nuages.

Depuis hier, 18 heures, le canon tonne sans interruption. On dirait le roulement d'un tambour géant.

Toute la nuit, vent et pluie. L'averse vient de cesser, mais le boyau est plein d'eau. On enfonce dans la boue jusqu'aux chevilles.

5ʰ 30. — Au poste de commandement du colonel Nieger [1]. Grand, la taille svelte et

(1) Le lieutenant-colonel Nieger, commandant le 44ᵉ régiment d'infanterie.

bien prise, moustache blonde, cheveux en brosse, yeux clairs, les traits fins au ferme dessin; physionomie d'intelligence et d'énergie.

Il cause avec son adjoint et deux capitaines, jeunes gens gais, rieurs, déjà casque en tête, l'équipement mis et le ceinturon bouclé. La canne ferrée à la main, ils sont prêts à partir.

Il y a quelques jours à peine, ils organisaient joyeusement une fête et montaient une revue dont leur esprit avait fait les frais.

Dehors, le jour se lève peu à peu. Maintenant, c'est une clarté blafarde qui s'étend sur la plaine grise.

Les deux capitaines vont rejoindre leur compagnie.

Le colonel leur serre la main.

— C'est bien! allez! Je vous rejoindrai là-bas.

5ʰ 45. — Dans la parallèle de départ.

Sous la pâle lumière du petit jour, les hommes sont accroupis à même la boue, au fond de la tranchée, adossés aux parois.

Les uns dorment, le casque sur le nez, la bouche entr'ouverte. Les autres, placides, fument une cigarette.

Ce sont des jeunes, classes 16 et 15.

Leur bonne figure colorée prend dans le sommeil une expression enfantine.

En voici deux qui, pour avoir moins froid, reposent fraternellement dans les bras l'un de l'autre.

$5^h 55$. — Tout le monde est debout, le fusil à la main, baïonnette au canon. On boucle une dernière bretelle. D'un coup de main, on recule la musette qui vient trop en avant.

Au loin, le ciel s'éclaire. Une lueur orange s'allonge entre les nuages qui maintenant sont d'une belle couleur gris perle.

Malgré le roulement continu du canon

LIEUTENANT-COLONEL NIEGER, DU 44ᶜ R. I.

qui assourdit, un rossignol chante à plein gosier.

La plaine se perd dans la brume où jaillissent de toutes parts des flammes fugitives : les arrivées.

6 heures. — En avant !

Sans bruit, sans un mot, les hommes montent sur la plaine en s'aidant des genoux, en prenant le fusil que leur tend un camarade déjà grimpé.

D'un pas vif ils s'éloignent, la baïonnette haute, vers la tranchée boche.

Pas de cris. Pas même de commandement. Par petits groupes, isolément, ils vont en silence, rapidement, sans l'ombre d'une hésitation.

Chacun sait où il doit parvenir, et dans la pâleur froide du matin, s'y dirige tout droit.

Les mitrailleuses crépitent. Les balles miaulent. Les obus rageurs craquent avec un déchirement effroyable, une fumée noire et le vrombissement des éclats qui sifflent de toutes parts...

La vague avance toujours. Les hommes contournent tranquillement les îlots de fils de fer qui ont échappé au marmitage.

$6^h 30$. — Sous le tir de barrage boche, le bataillon a franchi les trois cents mètres qui le séparaient de la première ligne boche.

Un obus vient d'éclater au pied du colonel Nieger. Deux de ses agents de liaison sont tués, lui renversé, touché au pied, au bras, au côté.

Les balles sifflent d'un crissement continu. Le fracas de la canonnade augmente de moment en moment. La plaine est fulgurante d'éclairs.

Le commandant de Pélacot prend le commandement du régiment; le capitaine Arlabosse, celui du 1er bataillon.

A travers les fils de fer hachés dont il ne

reste plus que des débris qui semblent roulés le long des brèches, les 2ᵉ et 3ᵉ compagnies occupent la tranchée allemande du bois de Séchamp, c'est-à-dire la ligne de la première position boche, tandis que la 1ʳᵉ compagnie nettoie à la grenade les tranchées franchies et renvoie à l'arrière cinquante prisonniers.

Cependant, à droite, le bataillon Chenost, du 60ᵉ, a brillamment enlevé sa partie de première ligne boche. Appuyé sur la gauche par le bataillon Madamet, il marche de l'avant, laissant au bataillon Duffet le soin de nettoyer le terrain conquis.

Cent prisonniers, des mitrailleuses, des minenwerfers, sept pièces de 77, un canon-revolver sous coupole blindée, tel est le butin.

Notre ligne avance sur tout le front; le 35ᵉ et le 42ᵉ, malgré les tirs de barrage et le feu des mitrailleuses, ont, eux aussi, sur la droite, accompli leur mission et expédié vers l'arrière de nombreux « Kameraden ».

6ʰ 35. — Nous progressons vers le bois du Champ du Seigneur, dont les organisations interdisent seules désormais l'accès de la deuxième ligne boche.

La position intermédiaire est enlevée. On s'empare d'une mitrailleuse et de cinquante prisonniers dont vingt officiers.

6ʰ 50. — L'horizon se dégage. La masse sombre du bois du Champ du Seigneur se détache dans le soleil.

Le bataillon, déployé comme à la manœuvre, part à l'attaque, la 2ᵉ compagnie à gauche en direction de la corne nord du bois, la 3ᵉ compagnie au centre vers la corne ouest, la 1ʳᵉ compagnie au sud.

Un combat furieux s'engage dans la clairière qui s'ouvre au centre du bois entre la 3ᵉ compagnie et des groupements ennemis. On se bombarde de grenades à bout portant.

En quelques minutes, la 3ᵉ compagnie

PRÈS REIMS (MARNE) — LES LIGNES ALLEMANDÉS DÉTRUITES PAR L'ARTILLERIE, MAI 1917

DANS LA MARNE
CHAPELLE D'UN TOMBEAU AYANT SERVI AUX ALLEMANDS
DE CHAMBRE NOIRE POUR LA PHOTOGRAPHIE

n'a plus d'officiers. Mais ses braves avancent toujours.

Cinquante « Feldgrauen » dont vingt officiers sont faits prisonniers.

La lisière extérieure du bois est occupée ; cependant, une autre compagnie du régiment conduite par son chef, le capitaine Jarre, enlève successivement à la baïonnette une batterie de 130 et deux batteries de 77, clouant les servants sur leurs pièces ou les capturant.

Les Boches s'enfuient vers les boyaux qui mènent à leur deuxième ligne. On voit les larves grises ramper sur la terre blonde, se laisser rouler par-dessus les parapets tant ils sont pressés.

Le capitaine Pineau, commandant la compagnie de mitrailleuses, fait braquer en hâte ses pièces, et de son feu roulant cloue sur place les larves qui n'ont pas eu le temps de se mettre à l'abri.

Il est $7^h 20$.

7^h 20. — Le bataillon s'organise sur la lisière est du bois du Champ du Seigneur et se prépare à attaquer la deuxième position boche.

Elle emprunte, ici, la voie ferrée Reims—Soissons.

Un glacis de six cents mètres environ de largeur nous en sépare.

Les Boches balaient de mitraille cet espace libre : 150, 210 s'y écrasent, tandis que le tac-tac des mitrailleuses claque de toutes parts.

Mais nous voyons avec joie nos 155 s'abattre sur les lignes boches et faire monter en l'air leurs colonnes de terre et de fumée.

Le soleil, comme une nappe d'argent en fusion, étincelle entre les nuages et répand sa fraîche lumière sur ce champ de désolation.

7^h 50. — L'attaque contre la deuxième position est déclenchée.

Par les boyaux, par la plaine, la vague progresse.

Dans un boyau, une mitrailleuse boche continue à tirer.

Un lieutenant, le lieutenant Mougenot [1] s'élance.

— Robillard, crie-t-il à un de ses fusiliers-mitrailleurs qui se trouve à côté de lui (jeune classe 16, solide Bourguignon taillé en force), Robillard, viens avec moi !

Suivi du poilu, il saute dans la tranchée boche, à coups de revolver brûle la cervelle des trois servants et s'empare de la mitrailleuse : elle ne gênera plus notre avance.

$8^h 20$. — Voici la voie ferrée.

Un talus de plus de deux mètres. A la baïonnette !

Le talus est escaladé. Rien ne résiste.

Les Boches sont bombardés dans leurs

(1) Du 44ᵉ régiment d'infanterie.

abris (de vraies casemates), assommés, cloués sur les parapets.

Toute la ligne est enlevée jusqu'à la hauteur de Loivre.

Les « Feldgrauen » sortent de leurs niches et se sauvent, en levant les bras, à l'arrière de nos lignes.

Le soleil, maintenant, dore la plaine et fait étinceler devant nos troupes les murs blancs de Berméricourt.

8^h *30.* — Tandis qu'à droite et à gauche les autres régiments prononcent leur mouvement en avant, le 35e régiment d'infanterie marche sur Berméricourt, son colonel en tête, le colonel Roland [1]. Grand, sec, moustache grise et forte mouche à la vieille mode française, figure d'austère et énergique soldat.

Depuis le début de l'action, il mène le train avec sa première vague d'assaut.

Il entre dans Berméricourt.

(1) Voir *supra*, p. 37.

Oublieux des « rracs » des obus, des balles qui, brusquement, miaulent aux oreilles, les soldats trépignent de joie.

L'un d'eux, le caporal Simonet, se précipite vers son héroïque colonel, lui serre les mains.

— Eh bien ! mon colonel. Cette fois, on ne dit plus : « On les aura », on peut dire : « On les a ! »

Quatre cents prisonniers prennent le chemin de Paris, pendant que quelques hommes poursuivent les Boches en fuite sur les pentes de Brimont.

A droite, le 42ᵉ déblaie vaillamment le terrain devant lui.

9ʰ 15. — Le soleil se cache.

Les Boches écrasent d'obus les tranchées et les batteries conquises. Mais la 14ᵉ division d'infanterie s'organise sur le terrain qu'elle vient de si brillamment enlever, prête à résister à toutes les canonnades et à toutes les contre-attaques.

En trois heures, elle avait accompli une avance de trois kilomètres en moyenne et de plus de quatre sur certains points.

Les quatre vieux régiments qui, depuis la prise de Mulhouse en août 1914 jusqu'à la Somme, en passant par la Champagne et Verdun, ont été de toutes les attaques et de toutes les gloires, viennent d'ajouter à leur histoire une nouvelle page d'héroïsme.

La Charge des Chars d'assaut

———

L E grand fait nouveau de notre offensive a été l'emploi par notre armée des chars d'assaut. Nos vaillants alliés ne sont plus seuls à avoir des tanks. Nous avons, nous aussi, les nôtres.

Le 16 [1], à l'heure « H », ils étaient prêts.

Sitôt que l'avance de l'infanterie le permit, on vit, dans la plaine, en longue file s'avancer les modernes « chevaliers bardés de fer ».

Spectacle prodigieux.

Franchissant tous les obstacles, les chars passèrent la première puis la deuxième ligne

[1] Le 16 avril 1917.

boche. Là, ils s'arrêtèrent, comme pour reprendre haleine, reformant leur ligne en des évolutions qui éveillaient l'idée d'un carrousel fantastique enfanté par l'imagination d'un Wells.

Puis ils repartirent à l'assaut, lançant la mitraille sur l'ennemi effaré.

L'héroïsme des équipages a été au-dessus de toute admiration, et le généralissime, par une lettre autographe, a tenu à lui rendre hommage immédiatement.

Le sang-froid des pilotes, l'ardeur au combat des équipages ont couvert de gloire la « sixième » arme, dès son baptême du feu.

Les exemples ne se comptent pas.

Le sous-lieutenant Mousset ne peut avancer : un éclat d'obus a provoqué une panne de moteur.

Il descend, tire du char les mitrailleuses, s'installe dans un trou d'obus et mène le combat, comme naguère, au 101ᵉ régiment d'infanterie, lorsqu'il commandait une section.

Le commandant Bossut est blessé aux jambes. Il ne peut plus conduire. Il a l'énergie de sortir de l'appareil. Il tombe mort. Son frère, l'adjudant Bossut, qui pilote un autre char, vient chercher son corps sous les obus qui craquent de toutes parts.

Une contre-attaque allemande se déclenche : trois compagnies au moins.

Bravement, le lieutenant Mainardy y fait face, mitraille à bout portant les Boches qui sont obligés de regagner en hâte leurs tranchées.

Jusqu'où nos tanks sont allés? nous ne pouvons le dire.

Mais cette première expérience légitime les plus beaux espoirs.

Honneur aux équipages de nos chars d'assaut.

Un Régiment qui a fait plus de prisonniers qu'il n'avait de fusils en ligne

C'EST le 31e régiment, que commande le colonel Cuny.

Deux mille deux cents prisonniers ! Joli chiffre au tableau. Et cela, bien que le combat, très dur, ait coûté à l'ennemi de nombreux morts et des blessés plus nombreux encore.

De même que les poilus ont pris fort simplement la place des Boches dans les abris qu'ils ont nettoyés, de même le colonel s'est installé dans le P. C. du colonel boche avec une grande simplicité.

Taille moyenne, râblé, des yeux noirs

très vifs, la figure pâle et énergique barrée d'une forte moustache noire frisottante. Belle physionomie de soldat.

Il est rayonnant.

— Mes troupiers sont admirables.

— Quel recrutement, mon colonel?

— Paris et environs...; un allant, un entrain, une endurance qui confondent!

De fait, je viens de les voir dans les boyaux. C'est l'heure de la soupe.

Ils n'ont pas l'air de « s'en faire », et ils blaguent, tout en faisant honneur à la tambouille et au pinard.

— Et puis, reprend le colonel, ça a très bien marché!

Nous sommes partis quelques minutes avant l'heure « H ». Le tir de barrage du 75 sur les tranchées boches était un peu long : quarante mètres environ; j'en ai profité.

Nous sommes entrés chez le Boche « dans nos obus ».

A 6 heures (l'heure H), j'étais ici (il

montre un point sur la carte), c'est-à-dire au delà de la tranchée de soutien.

La surprise a été complète.

Un commandant fait prisonnier m'a dit : « Nous ne vous attendions pas sitôt. »

A peine leurs guetteurs ont-ils crié : « Voilà les Français ! » nous étions sur eux.

Ici, à l'entrée de cette sape, ils ont voulu mettre une mitrailleuse en batterie. Ils n'ont pas même eu le temps de la placer. Quelques grenades bien appliquées : les servants étaient hors de cause et la garnison de l'abri n'avait plus qu'à faire « kamarade » !

J'ai laissé le soin de les cueillir aux unités chargées du nettoyage et nous nous sommes portés plus loin.

Là encore, nous avons bénéficié de la surprise et aussi du formidable travail de notre artillerie. Le combat a été plus dur. Il a fallu avancer à coups de crosse, à coups de baïonnette, à coups de grenades.

Mais tous les objectifs ont été atteints

et, heureusement, sans grandes pertes. Une cinquantaine de tués, à peine, pour tout le régiment!

Il n'en est pas de même des Boches, comme vous avez pu voir.

En effet, un agent de liaison m'a fait parcourir les lignes. Bien qu'on ait déjà enlevé beaucoup de cadavres, il reste encore, dans ce bois haché par notre artillerie, une quantité respectable de « Fritz » étendus, les corps tordus, les mains cireuses sortant des manches de la tunique gris-vert.

L'agent de liaison me mène à leur ancienne cuisine.

C'est une sape assez vaste.

A l'entrée, un écriteau intact : « Küche ».

Le couloir est d'une saleté repoussante. Il faut passer sur une sorte de ponceau fait de deux planches, car le fond est plein d'eau croupissante à la surface de laquelle nagent des globules.

C'est fétide. Nous assainirons tout cela.

Sur le couloir donne une galerie; sur cette galerie, des sortes de chambres.

Je pousse une porte. Dans l'ombre, des poilus sont assis autour d'une table.

Ils se lèvent.

— Repos! Repos, les enfants! et bon appétit!

— Merci, mon capitaine. Vous venez nous relever?

J'éclate de rire.

— Hélas! non. Je ne demanderais pas mieux, ne fût-ce que pour vous donner cette satisfaction — que vous avez bien méritée.

Ils rient et me répondent d'un joyeux :

— Merci, mon capitaine.

Cette belle humeur, chez des hommes qui viennent de supporter de si rudes journées, de soutenir de si rudes combats, est vraiment magnifique. Je comprends l'admiration du colonel Cuny pour ses poilus.

Je leur demande :

— Êtes-vous bien installés? Les Boches ne vous ont pas laissé trop de totos?

— Des totos? non, mon capitaine. Mais des puces! Nous sommes dévorés! Sont-ils sales, ces cochons-là!....

Et maintenant, comment les Barbares ont-ils accepté le coup qui les a frappés?

A leur manière habituelle : ils ont bombardé Reims! Et quinze obus de 305 sont tombés sur la cathédrale!

Brutes !

Comment on se sert

de Crapouillots boches

L E 16 avril 1917 se déclenchait notre
offensive.

Au sud de Loivre, le 1er bataillon du
133e d'infanterie attaquait les positions
boches.

Une demi-heure à peine après la sortie
de la parallèle de départ, nous occupions la
première ligne.

Cependant, le corps à corps continuait
pour purger la tranchée de tout élément
ennemi.

Le sergent Gauliard, un Roannais, vingt-
huit ans (classe 1911), solide gaillard, bien
découplé, au parler lent comme tout bon

originaire du Lyonnais, mais au geste prompt, se saisit de deux crapouillots boches.

Ils sont à l'entrée d'une sape, entrée bétonnée, ces messieurs étant passés maîtres dans l'art de se casemater.

Or, la sape a deux issues.

Par l'autre s'esquivent les troglodytes, qui ont emporté des « pétards » [1] et les lancent sur nos poilus.

Il faut les calmer.

Gauliard songe à utiliser les crapouillots.

Mais comment ?

Une caisse d'amorces de fulminate est à proximité. Peuvent-elles armer les bombes ?

Son caporal lui dit :

— J'ai fait un stage aux bombardiers. Ces instruments-là, ça me connaît.

Il prend une bombe, dévisse la fusée : l'amorce va parfaitement.

Plus de difficultés.

(1) Sorte de grenades à manche.

Le caporal amorce les bombes et le sergent pointe et tire la ficelle.

Les Boches n'ont plus qu'à faire « kamarade », non sans qu'une douzaine soient restés sur le carreau.

On rend les Honneurs

L E 16 avril 1917, en avant de la ferme
du Choléra.

Il est 6ʰ 20.

Le 151ᵉ régiment s'est élancé à 6 heures à
l'assaut de la première ligne boche. En six
minutes elle a été enlevée.

Maintenant, les compagnies des deux
premiers bataillons s'avancent en ligne
déployée vers la deuxième position.

Par bonds, sur la plaine grise bouleversée,
les vagues de tirailleurs progressent.

— Couchez-vous !... Debout !... En avant !

Sous le ciel blafard, dans la brume vio-
lacée qui enveloppe la plaine, déjà on distingue les piquets de fer tordus autour des-

quels s'enroulent les fils barbelés du réseau boche haché par notre tir de préparation.

Soudain, des éclatements craquent autour de nos poilus; des éclairs fauves jaillissent; la terre vole dans des tourbillons de fumée noire; les éclats de ferraille sifflent de toutes parts et viennent avec un bruit mat se planter autour des hommes qui — allongés — attendent, le cœur serré d'angoisse.

Il faut s'arrêter.

Impossible de franchir cette muraille assourdissante de feu et d'acier. On entend les gémissements des blessés, leurs appels, leurs « han! » lamentables.

Le sang bat aux tempes.

Malgré la fraîcheur de ce petit jour sans soleil, « il fait chaud ».

Mais qui vient ainsi sur la plaine? Quelle est cette haute stature sombre qui, d'un pas tranquille, s'avance dans le brouillard?

Un frisson court à travers la ligne.

— Le colonel!

Alors, dominant le bruit des éclatements, un commandement s'élève :

— Garde à vous !... Présentez armes !

D'un seul mouvement, au milieu de la fumée, des claquements effroyables des explosions, des sifflements, des formidables coups de marteau des 105 qui s'abattent, « flaouff ! rracc ! », la compagnie s'est levée ! Comme à la parade, les hommes présentent l'arme à leur chef, le lieutenant-colonel Moisson, qui salue, — ému et ne le voulant point paraître.

— En avant !

Comment ils se sont battus

Les exploits de nos héroïques poilus pendant les journées de notre offensive ne se comptent pas.

Grenadiers, fusiliers et voltigeurs d'assaut comme nettoyeurs de tranchées ont rivalisé de courage et d'audace.

Voici un grenadier, le caporal Nadeau du 60ᵉ d'infanterie.

Au milieu du combat, son capitaine lui dit :

— Allez assurer la liaison avec la ...ᵉ compagnie.

Nadeau s'en va.

A quelques centaines de mètres, des blancs flocons d'éclatement : c'est la ...ᵉ compagnie qui réduit à la grenade les dernières résistances boches.

De trou d'obus en trou d'obus il se dirige vers elle.

Il va l'atteindre.

Tout à coup, le « paf! paf! » sec des fusils boches claque à ses oreilles : il est tombé sur une patrouille ennemie embusquée dans un élément de boyau.

Il est seul. Il n'hésite pas.

A coups de grenades, il tape dans le tas, tuant ou blessant les uns, mettant les autres en fuite...

Courves, grenadier au même régiment, tombe sur un détachement boche commandé par un officier. Il n'a plus de grenades. Que faire? Il somme l'officier de se rendre. L'autre refuse. Courves lui saute à la gorge et l'étrangle. Des camarades accourent. Les Boches, terrifiés, se rendent.

Le sergent Piquemal, à la tête d'une patrouille, aperçoit à la lisière du bois de la

C... une batterie de 105. Sans hésiter, il fonce sur les artilleurs, assomme d'un coup de crosse le commandant de batterie, tandis que ses hommes clouent les servants sur les pièces à coups de baïonnette, sauf un que l'on garde pour l'interroger.

Mais le plus magnifique exemple de sang-froid est celui du nettoyeur de tranchées Doumergue.

Il arrive auprès d'un abri.

— Rendez-vous !

Pour réponse, des grenades.

Doumergue en lance une à son tour, descend dans l'abri, brûle la cervelle du premier Boche qu'il trouve et fait signe aux autres de sortir.

Ils obéissent, effarés, les mains hautes, cependant que Doumergue, tout en leur indiquant le chemin, allume tranquillement une cigarette.

La Prise de Loivre, le 16 avril 1917

———

Un des plus beaux faits d'armes de l'offensive du 16 avril aura été la prise de Loivre.

Loivre est un petit bourg de 1.300 [1] habitants environ, sur le bord du canal de l'Aisne à la Marne. Situé au nord-ouest de Brimont, il commande un des points les plus importants de cet obstacle militaire qu'est le canal.

Deux régiments avaient été chargés de l'enlever, le 23e, les « Braves », et le 133e, les « Lions ».

Les « Braves » devaient passer le canal un

[1] Exactement 1.379 avant la guerre.

peu plus au nord, puis, faisant un mouvement de conversion à droite, en occuper toute la rive est, jusques et y compris la voie ferrée.

A la faveur de cette avancée, les « Lions » s'empareraient du village : un bataillon l'aborderait par le nord, tandis qu'au sud deux autres fixeraient l'ennemi et tenteraient de franchir le canal droit devant eux.

I — L'ATTAQUE DES « BRAVES »

Le programme s'exécuta de point en point.

A l'heure « H », — à 6 heures, — « Braves » et « Lions » sortent des parallèles de départ.

Sous le ciel gris, dans la brume froide qu'éclaire une lumière bien faible encore, les « Braves » enlèvent la première, puis la seconde tranchée boche.

Malgré le tir de barrage qui, dans le jour blafard, allume la lueur fauve des éclatements, les voici au bord du canal.

Le lieutenant Aymard, avec une compagnie de porteurs sans armes, mais chargés de sacs à paille et de passerelles, a suivi la première vague.

Le canal est franchi.

Il est 7^h 10.

Le 1er bataillon des « Braves » fait face à droite, prêt à marcher sur les autres objectifs qui lui sont assignés, tandis que les deux autres bataillons achèvent de nettoyer la partie de rive occidentale qui leur est réservée et se disposent, eux aussi, à traverser.

II — LES « LIONS » PROGRESSENT, EUX AUSSI

Cependant, les « Lions » font de leur côté bonne besogne et mettent à profit la manœuvre protectrice de leurs camarades.

A droite, la marche des deux bataillons qui doivent s'avancer droit sur le canal (tandis que les camarades de gauche aborderont Loivre par le nord) n'a pas été sans incidents.

A 5ʰ58, deux minutes avant l'heure du départ, on a vu un avion boche survoler notre parallèle de départ.

Angoisse chez tous.

— Il va régler le tir de barrage.

Mais soudain, du fond des nuages, on a vu apparaître un Français. Il a piqué droit sur le Boche. Trois salves : tac-tac-tac, tac-tac-tac, tac-tac-tac. Le Boche s'est abattu, tandis que le Français s'enfonçait dans la brume opaque.

A 6ʰ30, malgré la vive fusillade boche, nous occupons leur première tranchée.

Un sergent — le sergent Gauliard — s'empare de deux crapouillots à l'entrée d'une sape et les tourne contre les Boches qui, sortis par l'autre issue, tentent de résister à coups de grenades.

— Le caporal pointait, et moi je tirais la

ficelle, déclarait-il en rendant compte du fait.

Nous progressons.

Le soleil se montre enfin — semblable à une nappe d'argent en fusion, — dardant ses rayons aigus entre les lourds nuages gris.

L'avance se poursuit. A 8 heures, nous occupions la dernière tranchée boche avant d'arriver au canal.

Le capitaine-mitrailleur Pasquier venait s'y installer avec ses pièces.

C'est un vétéran de toutes les attaques. Petit, sec, vif; un Charentais qui sent déjà le Midi. Pour casque, un béret. Il a reçu une balle au-dessus de l'œil droit en juillet 1915 et a été trépané. Il ne peut pas supporter la « soupière »[1].

Soudain, il voit, à l'écluse de Noue Gouzaine[2], une section de mitrailleuses boches qui vient de se mettre en batterie.

(1) Nom que les poilus donnent au casque.
(2) Sur le canal de l'Aisne à la Marne, au sud-ouest de Brimont.

— Sergent Dubois, prenez une pièce! Venez avec moi.

Suivi du sergent portant sa pièce sur l'épaule, il s'installe dans un trou d'obus, en avant de la tranchée. Cinquante balles en tir rapide! La section boche est fauchée avant même d'avoir pu mettre en batterie!

A un autre point de la position, Gauliard, qui a quitté ses crapouillots, avise un Boche qu'il vient de faire prisonnier.

— Tu dois savoir le français?

— Oui, j'ai travaillé à Reims.

— Bon! Eh bien, tiens! bois un coup de pinard!... Maintenant, appelle tes camarades!

Le Boche se met debout sur la tranchée, et avec force gestes crie à ses compagnons de venir.

Surgissent une centaine de « Feldgrauen » qui vont rejoindre les prisonniers déjà capturés.

Mais c'était à gauche que les « Lions » devaient faire le plus beau coup de filet.

III — LES « LIONS » ARRÊTÉS A L'ENTRÉE DE LOIVRE

Pendant que les événements que nous venons de décrire se passaient à droite et en avant, le bataillon de gauche des « Lions » — le 3ᵉ — était sorti, comme eux à 6 heures.

Suivant le mouvement des « Braves » dont il était solidaire, il avait, lui aussi, fait face à droite sitôt la première position enlevée.

Par « sauts de puce », de trou d'obus en trou d'obus, les fusiliers-mitrailleurs arrosant de balles les Boches pour permettre aux grenadiers d'arriver à distance de lancement, il était parvenu aux abords de Loivre, à proximité du cimetière, dès 8 heures.

Mais là, arrêt.

Sur la gauche, dans la butte de décombres couronnée de pommiers qui représente le Moulin, subsistent des mitrailleuses. Il en subsiste encore dans le cimetière sur la droite, car les Boches ont transformé en forteresse le champ sacré du repos. Son quadrilatère de murs en pierres sèches a été percé de créneaux, et les deux angles nord et ouest abritent chacun une casemate bétonnée pour 77.

Les « Lions » sont contraints de stopper.

Et de l'autre côté du canal, les « Braves » avancent ! A 8ʰ 50 ils ont bouclé la boucle, dépassé le village et rejoint les autres « Lions » qui, à droite, ont franchi le canal et se sont établis solidement sur la rive est.

On n'attend plus que le bataillon de gauche.

IV — LOIVRE EST ENLEVÉ

Le commandant Pichon, qui est à sa tête, s'avise d'une solution : opérer un léger recul et redemander son barrage roulant au 75.

Exécution.

CIMETIÈRE DE LOIVRE

On prend position un peu en arrière et on lance les fusées.

Voici des obus qui explosent sur la ligne boche.

C'est notre barrage roulant [1]. En avant!

A gauche, le capitaine adjudant-major Martin, qui a pris le commandement d'une compagnie dont le chef est tombé, tourne le cimetière.

Une mitrailleuse claque obstinément. Il abat le lieutenant qui la sert [2], se penche dans l'abri qui est auprès :

— *Ergibt euch !* (Rendez-vous!)

Un Boche se risque dehors en levant les bras ; il est suivi d'un autre, puis de deux, puis de trois... C'était un véritable nid de *Kameraden :* il en sort cent vingt-deux!

— *Still stehen!* commande Martin.

Unteroffizieren voran !

(1) Or, il s'agissait (on l'a su depuis) d'obus de 77, dont les Boches marmitaient le cimetière, qu'ils croyaient déjà occupé par nous.

(2) Le lieutenant Neuhausen.

Aufmarschiren, Marsch !

Et les Boches sont partis en rang et au pas !

Parmi eux, il y avait un sous-lieutenant ; Martin le prend avec lui.

— Vous allez me faire visiter Loivre. En avant !

Puis il se tourne vers son clairon :

— Sonne la charge !

Il est 10^h 30.

Le grand soleil tape sur les ruines blanches, sur les murs croulants ou étoilés de trous d'obus qui sont tout ce qui reste de Loivre.

Les « Lions » se battent depuis le matin ; ils ont passé la nuit accroupis dans la boue de la parallèle de départ ; depuis seize heures ils n'ont pris qu'un quart de jus.

Mais quand les notes claires s'élèvent, ils se sentent frémir jusqu'aux entrailles. D'un seul bond ils s'élancent. En avant !

> La monteras-tu la côte ?
> La monteras-tu la côte ?

Ces notes! Il faut, au soir d'une journée exténuante, s'être rué à leur accent sur le Boche exécré pour comprendre leur puissance résurrectrice!

En un clin d'œil, le village est traversé, les derniers défenseurs cloués à coups de baïonnette, assommés à coups de crosse, les abris vidés!

Loivre est à nous!

A cinq cents hommes, le 3ᵉ bataillon des « Lions » y avait fait huit cent vingt-cinq prisonniers.

VI

LES BELLES DIVISIONS

La 42ᵉ Division d'Infanterie

UNE division d'infanterie vient encore, dernièrement, d'être citée à l'ordre du jour de l'armée, la 42ᵉ division d'infanterie, et en termes magnifiques :

Division d'élite qui a pris la part la plus glorieuse à toutes les opérations les plus importantes de cette campagne : la Marne, l'Yser, l'Argonne, la Champagne, Verdun.

Sous la direction énergique du général Deville, vient de donner (en septembre 1916) de nouvelles preuves de son esprit d'offensive et de ses brillantes qualités manœuvrières sur la Somme, en enlevant des positions fortement organisées et âprement défendues.

Les 8ᵉ et 16ᵉ bataillons de chasseurs à pied, les

94ᵉ, 151ᵉ et 162ᵉ régiments d'infanterie se sont ainsi acquis de nouveaux titres de gloire.

Au P. C., le 11 janvier 1917.
Le Général commandant la VIᵉ armée,
Signé : FAYOLLE.

La grande épopée de la Révolution et de l'Empire avait laissé le souvenir de divisions fameuses : division Vaubois de l'armée d'Italie, divisions Desaix ou Richepanse de l'armée du Rhin, et surtout celles que l'on appelle encore aujourd'hui les trois immortelles, les héroïques divisions Gudin, Morand et Friant, d'Auerstædt.

L'épopée de la Grande Guerre laissera, elle aussi, le souvenir de divisions dont la gloire n'aura rien à envier à celle de leurs illustres devancières.

La dernière citée n'est pas une des moins vaillantes.

Son histoire, peut-on dire, est celle même de la guerre.

Au début, elle est troupe de couverture.

Elle fait partie de ces unités qui, sous le grand soleil d'août, de la frontière luxembourgeoise à Belfort, permirent, par leur sacrifice de tous les instants, à notre mobilisation de s'opérer dans le calme et l'ordre que l'on sait.

Dans la Woëvre septentrionale, au nord de la grande route de Verdun à Metz, elle maintient les partis ennemis qui tentent de percer notre rideau protecteur, refoulant rudement l'agresseur lorsqu'il devient trop hardi.

Le 22 août, le grand jour de la bataille des frontières, elle est à la droite de l'armée qui a été portée au-devant du flot allemand roulant à travers la Belgique par la vallée de la Meuse.

Elle se bat à Longuyon jusqu'à la nuit tombante; malgré le choc formidable de tout le XVIᵉ corps allemand, elle maintient ses positions, interdisant à l'ennemi la progression dans la vallée de la Crusne et ne se retirant du champ de bataille qu'à 20 heures, sa mission terminée, et *par ordre.*

Dans la dure retraite stratégique qui suivit notre échec aux frontières, nous la voyons disputer le terrain pied à pied, d'abord sur les lignes de l'Othain, le 23, le 24, le 25, le 26 août, puis à travers la Woëvre comme arrière-garde du 6ᵉ corps, jusqu'à ce que celui-ci se soit définitivement établi sur les hauteurs de la rive droite de la Meuse.

Cependant le flot allemand descend toujours en trombe par la trouée de l'Oise vers Paris : un million et demi d'hommes escortés de quatre mille canons de campagne, quatre cent cinquante batteries de canons lourds et sept cents obusiers de gros calibre.

Il faut endiguer cette inondation qui menace de tout submerger.

Le commandement français renforce son centre et son aile gauche.

La 42ᵉ division d'infanterie, en chemin de fer, est transportée au nord de l'Aisne.

A peine débarquée, le 31 août, elle ralentit l'élan de l'envahisseur d'un rude coup de boutoir sur la Retourne.

Cependant « le dispositif recherché » par le commandement — pour nous servir des expressions mêmes du généralissime — n'étant pas encore réalisé, il faut reprendre la marche en retraite.

Enfin, le 6 au matin, l'ordre est donné « d'avancer coûte que coûte et de se faire tuer sur place plutôt que de reculer ».

Heures tragiques où va se décider le sort de la France, et aussi du monde.

La 42ᵉ division d'infanterie est à la gauche de la IXᵉ armée, de l'armée Foch, sur qui, — lorsque le succès de Maunoury aura irrémédiablement compromis l'armée de droite allemande, la Iʳᵉ armée que commandait von Kluck, — se porteront les efforts concertés des IIᵉ et IIIᵉ armées allemandes (von Bülow et von Hausen), afin d'essayer, par un effort désespéré, de crever le front français en son centre : seul moyen de desserrer l'étreinte qui menaçait d'écraser l'armée von Kluck trop aventurée et de sauver l'armée allemande du désastre.

Ce que fut l'acharnement de cette lutte, la longue ligne de tombes qui jalonnent le front de combat le proclame d'une funèbre éloquence.

Si le commandement français rappelait à ses troupes qu'il fallait vaincre ou mourir, le commandement allemand tenait le même langage.

« J'attends de chaque officier et soldat, dit un des ordres allemands du 6 septembre, qu'il accomplisse son devoir entièrement jusqu'à son dernier souffle. *Tout dépend du résultat de la journée de demain.* »

Le point délicat du centre français, c'était la crête qui s'étend au sud des marais de Saint-Gond, les hauteurs que domine le château de Mondement.

Si l'ennemi s'emparait de ces hauteurs

qui, avec les marais, séparent la vallée du Petit Morin de la plaine de l'Aube, Foch était obligé de reculer sur l'Aube, découvrant à gauche d'Esperey en pleine avancée victorieuse, et à droite Langle de Cary luttant âprement dans les vallées de la Saulx et de l'Ornain.

Toute notre ligne était entraînée dans le mouvement de repli. Les conséquences? incalculables.

Aussi ce coin de terre : Saint-Prix, Villeneuve-lès-Charleville, Mondement et à sa droite Fère-Champenoise, coin de terre que tiennent la division marocaine (général Humbert) et la 42ᵉ division d'infanterie, est-il le théâtre d'une lutte gigantesque de quatre jours. Saint-Prix est pris et repris cinq fois, Mondement est perdu, repris, reperdu, repris encore.

Le 9, en un suprême effort, la Garde se jette sur Fère-Champenoise. Aussitôt, le général Foch lance la 42ᵉ. Fère-Champenoise est reconquise, tandis que le général Humbert dans Mondement résistait à un dernier assaut.

Le soir du 10, l'ennemi, haché par notre artillerie, refoulé par notre infanterie, reprenait le chemin du nord en pleine retraite.

En ces quelques lieues carrées s'était décidée l'histoire du monde. Et la 42ᵉ division d'infanterie pourra dire : « J'y étais ! »

Nous la retrouvons en octobre sur l'Yser, où elle est en ligne dès le 22.

Dans ces durs combats, dont le succès complétait celui de la Marne en rendant définitivement inopérantes les tentatives boches pour percer nos lignes, la 42ᵉ division d'infanterie se couvrait de gloire à Nieuport, à Pervyse, à Ramscappelle, à Dixmude, à Bernard-Platz, à Steenstraate.

Enfin, du 10 au 29 décembre, pendant la bataille d'Ypres, elle repoussait tous les assauts d'un corps d'élite, le XVᵉ corps allemand.

Du 15 janvier au 20 juillet 1915, nous la voyons lutter héroïquement en Argonne, au bois de la Grurie, à Bagatelle, au Four-de-Paris.

Lors de l'offensive de Champagne du 25 septembre 1915, elle enlève le saillant F, à l'est de Moronvilliers; elle renouvelle ses efforts, le 4 octobre, sur le saillant E.

Le 1ᵉʳ janvier 1916, elle est retirée du front de Champagne et, à la fin de février, quand la brusquerie de l'attaque boche a — un instant — déconcerté notre défense, elle part pour Verdun.

Du 8 mars au 2 avril, elle tient sous un bombardement incessant le secteur Haudromont—Thiaumont, point particulièrement convoité par l'ennemi, car sa chute consoliderait la conquête de Douaumont, « pierre angulaire de la forteresse de Verdun ».

Le 7 avril, en lieu de repos, elle est engagée au Mort-Homme où sa conduite lui vaut les félicitations du général Petain, dans l'ordre du jour célèbre du 10 avril 1916.

Le 4 mai, elle reprend ce même secteur, qu'elle ne quitte que le 26 mai.

Puis c'est l'offensive de la Somme.

La 42ᵉ division d'infanterie entre en ligne le 19 septembre. Après avoir repoussé une attaque allemande sur Bouchavesnes le 20, du 25 au 28, après quatre jours de combats acharnés, elle enlève Rancourt, faisant prisonniers vingt officiers et plus de cinq cents hommes.

Après un repos d'une quinzaine de jours à peine, pendant lesquels les unités n'ont pas même eu le temps de recompléter leurs effectifs, la division remonte en secteur.

Le 1ᵉʳ novembre, elle repoussait, à 6 heures, une attaque allemande de la dernière violence sur Sailly et, à 14 heures, partait à l'attaque d'une tranchée ennemie à la lisière du bois de Saint-Pierre-Vaast. A 14ʰ 30, elle en était maîtresse !

Rappelant ces heures glorieuses, le général Fayolle écrivait au général Deville,
commandant la 42ᵉ division d'infanterie, la
lettre suivante :

La citation enfin accordée à votre belle division
m'a fait autant de plaisir qu'à vous-même. Aucune
ne fut plus méritée, et je me souviendrai toujours des
glorieux et très durs combats qu'elle a livrés à Rancourt, au bois de Saint-Pierre-Vaast, à Sailly.

Ce qu'il a fallu d'énergie pour tenir dans ce saillant
aigu sous le marmitage concentrique des Boches !

Je vous adresse une fois de plus l'expression de ma
reconnaissance et de mon admiration pour vos vaillantes troupes et en particulier pour vous, leur chef.

Aujourd'hui, remise de ses épreuves, la
42ᵉ division d'infanterie se prépare à conquérir de nouveaux lauriers.

Que l'on voie ses biffins, vigoureux, guerriers, sous le casque bossué et la capote
déteinte, défiler derrière leurs tapins rabo-
tant des baguettes sur les peaux d'ânes bru-
nies, ou ses chasseurs scandant d'un pas
nerveux la *Sidi-Brahim,* on se sent pris d'une

177

enthousiaste confiance dans le succès de leurs efforts.

La victoire est là.

Éloignée ou prochaine, elle ne saurait échapper à nos braves.

Déjà, sous le froid ciel d'hiver, nous voyons l'arbre saint de la liberté humaine étendre au loin ses branches.

Et nous, qui serons morts peut-être, martyrs saignants, pendant que les hommes affranchis de la terreur d'odieux maîtres,

Vivront plus fiers, plus beaux ;
Sous ce grand arbre, amour des cieux qu'il avoisine,
Nous nous réveillerons pour baiser sa racine,
Du fond de nos tombeaux !

L'Âme des Aïeux

ENCORE une division, la 14ᵉ division d'infanterie, dont les quatre régiments ont la fourragère : 42ᵉ, 35ᵉ, 44ᵉ, 60ᵉ régiments d'infanterie, après avoir été frères dans le danger sont frères dans la gloire.

42ᵉ RÉGIMENT D'INFANTERIE

Brillamment enlevé par son chef, le lieutenant-colonel Petit, s'est porté avec un merveilleux entrain à l'attaque de la première position allemande et l'a enlevée d'un seul élan. Poursuivant ensuite son offensive, au cours de laquelle il s'est emparé de onze canons et de nombreux prisonniers, a pris pied dans la deuxième position ennemie et s'y est maintenu malgré de violentes contre-attaques et des pertes très élevées. (*Ordre nᵒ 477 du 28 janvier 1916, IVᵉ armée.*)

Régiment de haute allure qui s'est toujours distingué, en Champagne, à Verdun et sur la Somme. Dans la bataille du 16 avril, sous les ordres du lieutenant-colonel Reboul, a marché sous un violent tir de barrage, sans se ralentir, dans un terrain particulièrement difficile. A manœuvré sous le feu et, insensible aux pertes, atteint ses objectifs sur lesquels, jour et nuit, il s'est cramponné. (*Décision du général commandant en chef du 29 avril 1917.*)

35ᵉ RÉGIMENT D'INFANTERIE

Sous le commandement du colonel Tesson, s'est porté, avec un élan magnifique, à l'attaque de la première position allemande comprenant plusieurs lignes de tranchées, qu'il a enlevées de la façon la plus brillante ; malgré des pertes très élevées, a poursuivi son offensive et a pénétré dans la deuxième position allemande, devant laquelle son chef est tombé mortellement frappé. S'est maintenu dans le terrain conquis malgré un feu des plus violents et des contre-attaques acharnées. (*Ordre nᵒ 477 du 28 janvier 1916, IVᵉ armée.*)

Superbe régiment qui, depuis le début de la campagne, a toujours été des combats les plus durs, en Champagne, à Verdun, sur la Somme. Dans la bataille du 16 avril 1917, sous les ordres du colonel Roland, a, d'un seul bond, dépassé la deuxième position allemande, s'est emparé de Berméricourt, a fait plus de

400 prisonniers, pris des mitrailleuses et a résisté à toutes les contre-attaques. A mené àprement ensuite, jour et nuit, un combat sans répit. (*Décision du général commandant en chef du 29 avril 1917.*)

44e RÉGIMENT D'INFANTERIE

Sous les ordres de son chef, le colonel Bouffez, s'est emparé, malgré de lourdes pertes, des trois lignes de tranchées de la première position ennemie. Poursuivant son effort, a atteint la deuxième position allemande devant laquelle son chef a trouvé une mort glorieuse. A résisté ensuite, quatre jours entiers, à d'incessantes contre-attaques et n'a pas cédé un pouce du terrain conquis. (*Ordre n° 477 du 28 janvier 1916, IVe armée.*)

Régiment d'élite, merveilleux instrument de combat, s'est toujours montré égal à sa tâche, dans toutes les circonstances où le commandement a fait appel à sa vaillance. Le 16 avril 1917, sous le commandement du lieutenant-colonel Nieger, a conquis de nouveaux titres de gloire, en pénétrant profondément dans les puissantes organisations allemandes, avec un enthousiasme et une impétuosité qui lui permirent d'enlever les positions sur une profondeur de 4 kilomètres. S'est maintenu sur le terrain conquis, bien que privé de son chef, grièvement blessé, et d'une grande partie de ses cadres et a repoussé victorieusement toutes les contre-attaques de l'ennemi. (*Décision du général commandant en chef du 29 avril 1917.*)

60ᵉ RÉGIMENT D'INFANTERIE

Sous les ordres du lieutenant-colonel Mittelhauser, s'est élancé, le 25 septembre, drapeau déployé, à l'assaut des tranchées allemandes. A successivement enlevé les trois lignes de la première position ennemie, sous un feu des plus violents et des plus meurtriers. Poursuivant ensuite l'ennemi sur 4 kilomètres, a fait plus de 300 prisonniers, s'est emparé d'une batterie lourde et a atteint la deuxième position allemande. S'est maintenu sur le terrain conquis bien que privé de son chef, grièvement blessé, et d'une grande partie de ses cadres, et a repoussé victorieusement toutes les contre-attaques de l'ennemi. (*Ordre n° 477 du 28 janvier 1916, IVᵉ armée.*)

Remarquable régiment, qui s'est toujours trouvé aux endroits où il y avait des risques à courir et de l'honneur à gagner, en Champagne, à Verdun, sur la Somme. Vient de se signaler à nouveau, le 16 avril 1917, en enlevant d'un superbe élan, sous l'impulsion entraînante de son chef, le lieutenant-colonel de Pirey, trois positions ennemies successivement, pénétrant ainsi sur une profondeur de 4 kilomètres dans le front ennemi qui n'avait pu être entamé depuis plus de deux ans. (*Décision du général commandant en chef du 29 avril 1917.*)

Sur un plateau près de Sarcy[1], leur général les a réunis pour saluer leurs drapeaux.

9 heures du matin. Ciel gris de brume, qui montait du fond des vallées et voilait d'un fin rideau de gaze blanche les croupes lointaines.

Aux accents de leurs vieux refrains, les régiments ont défilé. Parade guerrière. Compagnies réduites par la mitraille; capotes bleues aux tons délavés; casques bossués. Mais les hommes, fiers de la gloire noblement acquise, tendaient le jarret et marchaient alignés comme au cordeau.

Puis les troupes se sont massées, les quatre drapeaux se sont placés devant elles.

Le général a dit la tâche accomplie, celle qui reste encore à faire, et la victoire finale qui sera la récompense.

Et dans les plis des glorieux emblèmes

(1) Au nord de Ville-en-Tardenois, dans le département de la Marne.

déchirés par la mitraille apparaissaient les lettres d'or brodées sur la soie fanée au vent des batailles : Marengo, Hohenlinden, Eylau, Wagram, Saragosse, La Moskowa, Sébastopol, Solférino.

L'âme des aïeux, vivante, présidait à cette fête. Elle planait au-dessus des têtes, au-dessus des baïonnettes et des sabres pointés vers le ciel. Elle rappelait à tous à quel degré de gloire il fallait que les générations présentes s'élevassent pour être dignes de leurs devancières.

DEUXIÈME PARTIE

LES ANTHROPOÏDES

Visite à Soissons [1]

———

Un chemin défilé, accessible seulement aux voitures légères, mène jusqu'à la ·ville.

Une petite place déserte. Nous tournons à gauche et, par un cloître abandonné et transformé partiellement en dépôt de ferraille, nous arrivons à Saint-Jean-des-Vignes.

Saint-Jean-des-Vignes serait une église aux proportions imposantes s'il en existait autre chose que le portail occidental.

En réalité, c'est un narthex du treizième siècle jusqu'au deuxième étage et dont les tours à la toiture effilée en pierres imbri-

(1) Novembre 1916.

quées semblent être du quinzième. La construction, sur quelque face qu'on la considère,
est criblée d'éclats d'obus.

Il est 4 heures à peine.

Le soir commence à tomber.

Ciel de novembre, gris de nuages, lumière
pâle.

La rue Saint-Martin est déserte. C'est la
seule habitée, me dit mon guide. Elle ne
l'est pas beaucoup.

De loin en loin, on voit comme une ombre — femme vêtue de noir ou vieillard, le
pardessus serré — qui longe les murs d'un
pas hâtif. A chaque maison, une boutique;
mais toutes les devantures ont les stores
baissés. On lit : *Modes, Chaussures, Grand
Bazar*. La maison est morte; le plus souvent
un étage a été crevé par quelque 150 ou
quelque 210. Par place, un amas de décombres. Des poutres calcinées, des pierres, des
plâtras.

Il y eut là, naguère, de la vie. C'était la

Grande-Rue de la petite ville où, à cette heure, fonctionnaires, rentiers, officiers, bourgeoises escortées de leurs filles, faisaient la promenade quotidienne, où s'échangeaient les nouvelles, où s'ébauchaient les intrigues. On entrait dans les magasins, pas toujours pour acheter. Des voitures passaient, même des autos, qui s'arrêtaient, secouées par le ronflement du moteur.

Aujourd'hui, c'est le silence, le vide.

Des anthropoïdes ont jugé expédient de venir faire ici une incursion, munis de formidables engins de destruction, qui en quelques secondes font un monceau de décombres sans nom de ce que le travail patient de plusieurs générations avait mis des années — parfois des siècles — à édifier.

Voici l'église Saint-Léger que les pieux Soissonnais contemporains du Grand Roi firent élever dans le gracieux et noble style à la mode alors et inspiré du Gésu de Rome. Après le siècle confus et trouble des guerres de religion, les âmes se retournaient ferventes vers l'immuabilité majestueuse du catholicisme, et ce regain de ferveur faisait surgir des églises nouvelles.

La gracieuse tour qui surmonte l'étage classique à volutes et pots de fleurs n'existe plus qu'en façade.

Un obus l'a frappée par derrière et creusée d'un vaste trou béant par où se voit l'ossature en partie rompue. La voûte en plein cintre de la nef est crevée. Des débris d'encorbellement, des claveaux de voûte jonchent le sol en tas. Le noble ex-voto de pierre des ancêtres n'est plus qu'une ruine lamentable.

Le cœur serré, on quitte ces pierres et on reprend la lugubre promenade à travers les rues muettes et sinistres.

Le soleil se couche par delà les coteaux qui bordent l'Aisne. De longues bandes oranges éclairent les nuages gris. De l'horizon, des raies de lumière pourpre jaillissent encore, aveuglant la terre d'une oblique clarté.

Dorée de ces derniers feux du jour, la cathédrale se dresse, regardant au loin la vallée.

Partout les pierres sont ébréchées. Dans le flanc nord s'ouvre une large plaie. Devant le portail ce ne sont que monceaux de pierres écroulées, qu'il faut enjamber pour gagner les portes.

Mais les portes sont closes. Une vieille dame en deuil nous indique le chemin pour pénétrer dans la basilique frappée à mort.

Il faut contourner l'abside. Les baies, veuves de leurs vitraux, sont, à cette heure crépusculaire, des trous noirs, béants.

Une porte basse. La sacristie noyée d'ombre. Des femmes en deuil agenouillées. L'autel. Deux cierges. Un prêtre célèbre un office. Une prière monte de ces âmes, sans nul doute pour le salut de ceux qui sont dans les tranchées ou le repos des chers disparus. Au dehors, le canon gronde.

De la sacristie on passe dans la nef, admirable œuvre du treizième siècle.

Les travées se succèdent régulières et de merveilleuse construction. Ce qui faisait évidemment la beauté de la cathédrale, ce n'était pas, comme à Reims, la splendeur de la décoration sculpturale, mais la simple et sublime noblesse des lignes. Des bas côtés, un triforium, une verrière. Le tout, d'un bonheur de proportions incomparable, chef-d'œuvre d'harmonieux équilibre.

Mais des sauvages sont venus. Aujourd'hui, trois travées près du narthex sont éventrées. Plus de voûtes; la charpente, à claire-voie. Un monceau de pierres brisées gît au bas.

Cette blessure, que nous avions vue affreuse du dehors, est ici plus douloureuse encore. Cependant, dans l'ombre qui s'épaissit, un cantique plaintif vient de la sacristie avec des accords d'harmonium.

Pauvres âmes priantes!

CATHÉDRALE DE SOISSONS
TRAVÉES DE LA FACE NORD CREVÉES PAR LES OBUS

INTÉRIEUR DE LA CATHÉDRALE DE SOISSONS

Pauvres mères de douleur, qui devez vous ensevelir dans la nuit pour que les masses d'acier ne vous broient pas dans la maison même de Dieu!

Saint-Père, venez voir comme ici l'on peut prier Dieu ; venez voir ce qu'il est devenu, le temple que la foi des aïeux avait élevé à celui qui étend les cieux et qui soutient la terre!

Il faut que ces ruines soient pour l'humanité un pèlerinage ; il faut que d'un pôle à l'autre les hommes viennent ici contempler le crime irrémissible! Il faut que, dressée au-dessus de ces ruines, l'humanité tout entière vienne vouer à la vindicte des siècles les êtres qui ont accompli de tels forfaits et les vomir de son sein.

Sans doute, ils ont une face qui pourrait faire croire qu'ils sont des hommes. Mais cette apparence est menteuse. Ce ne sont pas des hommes, ce ne sont que des anthropoïdes!

Le Crime de Soissons

LES BOCHES, DANS LEUR RETRAITE[1], NE FONT PAS QUE COMMETTRE DES IGNOMINIES, ILS LAISSENT AUSSI DES TÉMOIGNAGES DE LEURS FORFAITS ANCIENS

Voici ce que l'on lit dans un carnet de batterie de 150 (*Ringkanonen*) trouvé à la cote 130 au nord de Soissons.

21 janvier 1915. — La batterie a tiré 19 obus fusants et percutants sur la cathédrale de Soissons. Le clocher et la nef ont été plusieurs fois touchés ; dans la nef, on a observé un commencement d'incendie. On n'a pas pu faire jusqu'à présent de grands dommages matériels au clocher.

(1) De mars 1917.

2 février 1915. — La batterie a tiré de 9ʰ 30 à 10ʰ 30 sur la cathédrale et en particulier sur le clocher : 29 shrapnells, dont 16 au but.

25 février 1915. — 21 obus sur la cathédrale.

Notez que la cathédrale se trouve dans un bas-fond et ne saurait servir d'observatoire intéressant.

Et voilà comment trois travées de l'admirable basilique du treizième siècle sont éventrées ; comment un monceau de pierres et de plâtras sur le pavement est tout ce qui reste des nobles voûtes écroulées, qui aujourd'hui montrent leur charpente à clairevoie comme une poitrine dont on verrait les côtes.

La préméditation du crime est indéniable; la preuve, irréfutable.

Ces êtres se sont mis hors de l'humanité, et, chaque jour, s'élève plus haut la montagne de honte sous laquelle ils demeureront éternellement écrasés.

Ils bombardent toujours

la Cathédrale de Reims

———

Iᴸ fallait s'y attendre.

C'est Reims qui paie la déconvenue de Douaumont.

Mercredi dernier, 25 octobre, les anthropoïdes n'ont pas lancé moins de deux cent cinquante obus sur la ville. Hier, bombardement toute la journée. Aujourd'hui, 27 octobre, le signal a été donné à 7 heures, ce matin, par une salve brutale d'une cinquantaine d'obus. Ils font du tir de zone. Par ce temps gris où le ciel et la terre sont enveloppés d'une même brume humide, ils arrosent au hasard la ville otage, de préférence le centre et les alentours de la cathédrale.

Cependant, par la rue de Vesle, aux boutiques closes, aux maisons muettes et comme endeuillées, les habitants qui restent vaquent tranquillement à leurs occupations. Sous les hauts peupliers dorés par l'automne, le long du canal, deux jeunes ouvrières, en cheveux, les joues avivées par l'air frais, passent sans hâte, en causant.

La rue Libergier, à l'ombre de sa double rangée d'arbres, est presque intacte. A peine les façades de pierre sont-elles grêlées de quelques éclats.

Cependant, à droite, à gauche, de formidables coups de marteau retentissent. C'est le bombardement qui continue.

Au bout de l'allée feuillue surgit, somptueuse et élégante malgré sa masse, la cathédrale.

Hélas! Quel désastre! Au pied de chaque contrefort de la façade, des parements de sacs à terre protègent ce qui reste des merveilleux pieds-droits, des archivoltes délicieusement sculptées.

Nous ne reverrons plus le sourire de l'Ange de l'Annonciation ni non plus la Reine de Saba. Seule, la place en subsiste : une gibbosité blonde sur la pierre noire.

Finies aussi, ces délicates garnitures de roses-églantines que le sculpteur poète avait peuplées d'oiseaux de pierre et qui perpétuaient le doux rêve printanier du vieil imagier.

Tout cela ne vit plus qu'au fond de notre cœur, mais y vivra comme une exquise image de l'éternelle beauté, tant que l'acier des anthropoïdes n'aura pas dissipé notre âme aux vents de l'espace.

La tour nord de la façade est roussie de la base au faîte. La pierre, décapée, s'effrite. Des statues il ne reste que des formes vagues. Les bas-reliefs sont effacés. Seul, un diable velu grimace, intact dans une frise, comme joyeux et narguant le sort de son rire largement fendu.

Plus rien de la Crucifixion du gable; plus rien des copeaux de pierre ouvragée des extrados. Les élégantes colonnettes des niches ont été brisées par la violence du brasier. Elles retombent maintenant sur la gracieuse créature de pierre qu'elles protégeaient et qui fut comme brûlée vive.

Ainsi a été cruellement mordue par la flamme cette face divine. Elle en porte la douloureuse cicatrice. La belle des belles est irrémédiablement défigurée.

Et toujours les explosions retentissent.

A midi, un obus est tombé tout près, me dit le gardien. A 1 heure (c'est-à-dire il y a quelques instants à peine), un autre a éclaté dans le chantier contigu à la face sud.

A l'intérieur de la cathédrale, le vide. La clarté brutale qui entre par les baies dépouillées de leurs vitraux rend ce vide plus saisissant : un palais après le passage de cambrioleurs qui auraient fait place nette et auraient « bouté » le feu.

L'admirable rosace est détruite par moitié. Du côté gauche, c'est la chaude variété multicolore des rouges, des bleus, des verts, riches comme des gemmes; du côté droit, c'est le ciel gris et pluvieux, barré des membrures tordues de l'armature.

La moitié des stalles est brûlée. Des obus ont crevé la voûte, et tout là-haut se voient des trous où passe la pluie du ciel. Le pavement par places est boursouflé de plaies. Plus rien, dans ce Parthénon chrétien, œuvre de l'imagination la plus gracieuse, la plus variée et la plus harmonieuse tout à la fois qui fût jamais, plus rien que les murs et les piliers de pierre.

Sur la face intérieure des portails de droite et de gauche, on ne distingue plus maintenant que la trace de ces merveilleuses statuettes, dont la « Confession du Chevalier » est le groupe le plus connu. De l'ensemble unique que constituait ce narthex, il ne reste plus que la partie centrale. Et l'aisance, la grâce des attitudes dans les figures, la délicatesse et le charme ornemental des panneaux où s'enlèvent les feuilles de lierre et de chêne, enfoncent au cœur le poignant regret des merveilles à jamais disparues.

Au dehors, les éclatements deviennent plus précipités. Les hautes voûtes retentissent comme de fracas de tonnerre qui assourdissent et semblent faire trembler l'édifice.

Car dans toute distribution de projectiles sur Reims — et ils sont presque journaliers — la cathédrale a sa part.

Les anthropoïdes, maintenant, ne procèdent plus en effet avec la brutalité éclatante des premiers jours. Mais perfidement, hypocritement, ils assignent à la cathédrale quelques obus qui, lorsqu'ils portent, un à un, brisent les arcs-boutants.

Déjà quatre sont détruits.

Si bien qu'un jour, sans même qu'il y ait

à enregistrer un bombardement exceptionnel comme celui d'aujourd'hui, sans déchaînement d'artillerie que puisse noter le communiqué, d'elle-même, la voûte s'abîmera dans le vide.

Il n'y a pas à nier le crime : en dehors des quartiers excentriques, seul celui de la cathédrale est démoli.

Ainsi s'achève, à l'aurore du vingtième siècle, ce monstrueux attentat de lèse-civilisation. Le legs somptueux des générations passées, joyau sacré du patrimoine intangible de l'humanité, disparaît sous les coups d'anthropoïdes.

Les Bombardements

de la Cathédrale de Reims

MESSIEURS les Boches ne sont pas contents. La méchante presse française — à propos des récents bombardements de Reims — les traite encore de « barbares ».

Fi! la vilaine calomnie!

Des barbares!

Des barbares, les incendiaires et les massacreurs de Louvain, de Termonde, de Dinant, de Gommery? Des barbares, les bouchers coupeurs de mains d'enfants? Des barbares, les sauvages qui, à Tamines, attachaient un commandant français à un arbre et le faisaient écarteler?

« J'ai vu le pantalon se déchirer, le ventre s'ouvrir », dit le témoin.

Des barbares, les hussards dans le genre de ce Schoppe (7ᵉ C. R. 14ᵉ div.) qui écrit dans ses notes de campagne :

« Aux blessés nous coupons les pieds, nous les brûlons vifs et nous leur brisons le crâne à coups de crosse. »

Vraiment, traiter de « barbares » d'aussi respectables parangons d'humanité, c'est une noire injustice, dont seuls, ces hypocrites (*sic*) Welches sont capables.

Et la *Norddeutsche Allgemeine Zeitung*, dans son numéro du 14 novembre 1916, proteste avec véhémence.

Le *Radio* de Lyon du 31 octobre soulève en particulier son indignation. « Les Allemands visaient surtout les tours de la cathédrale ; ce n'est plus le bombardement brutal des premiers jours ; les vandales poursuivent maintenant la destruction lente de ce chef-d'œuvre, patrimoine de l'humanité tout entière. »

La citation est quelque peu falsifiée.

Mais passons. Aussi bien, depuis la dépêche d'Ems, d'illustre mémoire, sommes-nous habitués à ces procédés teutons.

Et la *Gazette* d'ajouter que si la cathédrale a été bombardée au début des hostilités, c'est que les Français l'avaient utilisée « pour des buts militaires ». S'ils ne l'avaient pas fait, il est vraisemblable qu'aujourd'hui aucune pierre n'en serait tombée.

Les Belges aussi avaient sans doute utilisé la bibliothèque de Louvain « pour des buts militaires » ?

Pauvres Boches, que des malintentionnés ont forcés à être vandales malgré eux !

« En réalité, depuis que le monument n'est plus utilisé comme observatoire, il n'a plus jamais été bombardé par nous. »

« Plus jamais ! plus jamais ! » Quelle tranquille impudence dans l'affirmation !

Le malheur est que les blessures sont visibles, indéniables ; que des témoins sont

là, qui, jour par jour, ont noté ce qu'ils ont pu
des coups qui venaient frapper la basilique.

Voici la liste des obus dont la chute sur
la cathédrale a été authentiquement cons-
tatée depuis le 19 février 1915, c'est-à-dire
exactement cinq mois après le bombardement
et l'incendie du 19 septembre 1914.

Elle n'est, hélas! que trop longue.

19 février 1915. — 2 obus :

1 sur un contrefort de la tour nord à hauteur des
bas côtés;

1 sur l'abside de la chapelle de l'archevêché.

22 et 23 février. — 7 à 9 obus :

1 sur le sommet de la tour nord;

1 ou 2 dans la tourelle ajourée nord-est de la tour
nord;

1 dans la galerie haute de la nef (deuxième travée
nord);

1 sur la voûte de la grande nef à la croisée du transept (ce projectile a traversé la voûte et est venu
éclater à l'intérieur, sur le dallage, au pied du maître-
autel);

1 sur un arc-boutant, entre les deuxième et troisième travées de la nef, côté sud.

1 ou 2 sur une pile de la tour est du croisillon nord
à hauteur des verrières hautes ;

1 sur le pignon du croisillon nord.

31 mai. — 2 obus :

1 sur la tour nord dans la tourelle de l'escalier ;

1 sur la face sud de la tour est du croisillon sud
dans les arcatures situées sous les grandes baies.

14 juin. — 3 obus :

1 sur la tour nord dans la tourelle de l'escalier ;

1 sur un pinacle de la face sud de la nef, entre les
quatrième et cinquième travées ;

1 sur la galerie haute de la nef côté sud.

20 juillet. — 2 obus :

1 sur la partie de la galerie haute de la chapelle
absidiale située dans l'axe de l'édifice ;

1 sur le haut d'un contrefort d'une chapelle absidiale (côté sud).

19 octobre. — 1 obus dans la partie sculptée d'un
des contreforts flanquant le portail occidental.

2 avril 1916. — 3 obus :

1 sur un contrefort de la sixième travée du bas côté
sud, à hauteur de la verrière ;

1 sur le contrefort de la première travée du chœur,
côté sud ;

1 sous la corniche de la chapelle absidiale de l'axe.

12 juillet. — 1 obus de 210 sur la voûte du transept (sud) qui a été traversée.

27 octobre. — 3 obus :

1 sur l'archivolte de la grande baie, face est de la tour est du croisillon sud ;

1 sur l'abside, dans les arcs-boutants à hauteur des grandes verrières hautes ;

1 au pied d'un des contreforts de la tour sud de la face occidentale.

Outre ces obus, dont la date de la chute a pu être notée avec précision, beaucoup d'autres sont tombés sur l'édifice. Les points d'explosion en sont visibles et indiscutables. On en peut compter ainsi de cinquante à soixante. Nombre d'autres ne peuvent être comptés, soit parce qu'ils ont frappé des parties profondément défigurées par la calcination, soit parce qu'ils sont tombés sur l'extrados des voûtes.

Enfin, l'on ne saurait compter les projectiles destinés à la cathédrale et qui sont tombés dans les alentours immédiats. L'état des maisons qui environnent l'édifice est suffi-

(Cliché Neurdein.)

VUE INTÉRIEURE DE LA NEF DE LA CATHÉDRALE DE REIMS
AVANT L'INCENDIE

samment éloquent par lui-même pour dispenser de tout commentaire.

En dehors des faubourgs, c'est le seul quartier détruit de la ville.

La cathédrale était le Parthénon chrétien de l'Europe Occidentale, la fleur admirable d'un art à l'apogée de son épanouissement; mais un Parthénon qui pouvait contenir sous ses voûtes deux édifices comme celui de l'Acropole; un Parthénon qui, malgré ses quatre-vingt-huit mètres de hauteur, donnait, grâce au bonheur de ses proportions, une impression d'élégance incomparable; un Parthénon où la noble simplicité des lignes s'harmonisait avec la richesse décorative la plus rare. Tels des détails de cette décoration, comme la Crucifixion du gable nord du portail occidental, étaient des chefs-d'œuvre uniques dans l'art de la statuaire ornementale. Noblesse admirable de composition, trois personnages à droite du Christ, trois à gauche et qui semblent sou-

levés par l'ascension vers le divin martyr
dont la souffrance est le triomphe de la Vie
éternelle sur la Mort. Attitudes graves et
aisées; facture large et souple; chef-d'œuvre
illustrant un chef-d'œuvre et qui, hélas!
n'est plus qu'un souvenir!

Mais que sert de parler de cela!

Encore faut-il se faire entendre; et les
barbares peuvent-ils entendre?

Si leur sensibilité eût été capable d'être
émue par la grâce, la puissance et la délicatesse de l'harmonieux chef-d'œuvre, ils n'auraient pas édifié les colossales horreurs qui
déshonorent l'Allemagne de ce dernier demi-
siècle, le « Bismarck-Denkmal » de Ham-
bourg, les « Bismarck-Säule » d'un peu
partout, le Dom de Berlin et le pont
Hohenzollern de Cologne! Art de nègres
de l'Afrique Centrale qui auraient beaucoup
étudié.

« Barbarie savante! » le mot restera.

« On s'est servi de la cathédrale dans des

buts militaires ! » glapissent-ils. « C'était un observatoire ! »

Brutes !

Un observatoire !

Pourquoi pas aussi une butte de tir !

Mensonges des Barbares

O N sait avec quelle sauvagerie les barbares continuent à bombarder Reims
sans l'ombre de raison militaire.

Du 17 au 25 avril 1917 ils n'ont pas
envoyé moins de cinquante-trois obus de
305 et de 320 sur la cathédrale !

Des obus de 305 ! Comme sur les forts
de Liége et de Maubeuge !

Du nouveau 320, dont les effets destruc-
teurs sont plus terribles encore !

Et cela, sur le délicat chef-d'œuvre de Jean
d'Orbais ! sur le plus admirable ensemble
de sculpture du treizième siècle que l'on
puisse voir dans l'Europe Occidentale ! sur
le Parthénon chrétien !

Sauvagerie monstrueuse! Barbarie sans nom!

Aussi cherche-t-on à trouver un prétexte.

La *Gazette des Ardennes* du 17 mai 1917, reproduisant des allégations de la *Gazette de Francfort*, déclare gravement : « Les Français utilisent la cathédrale comme observatoire. »

Est-il nécessaire de dire que les Français n'ont nul besoin de ce trop précieux observatoire? que jamais la cathédrale n'a été utilisée comme tel? que S. Ém. le cardinal Luçon — dont la parole ne saurait être mise en doute — l'a affirmé à maintes reprises ?

Que signifient ces mensonges?

Simplement qu'en détruisant ce chef-d'œuvre de l'esprit humain, les barbares se rendent compte du crime de lèse-humanité qu'ils commettent et lui cherchent des circonstances atténuantes, de misérables circonstances atténuantes.

Ces mensonges ne sont que la preuve éclatante de leurs remords.

Mais ils ne trompent personne, pas même ceux qui les font.

Le crime de Reims est de même nature que ceux de Louvain, d'Ypres et d'Arras. Il est de ceux qui — malheureusement avec beaucoup d'autres — ont mis les Boches hors de l'humanité, et « toute l'eau de la mer » passerait sur les hontes dont s'est souillé le nom allemand sans les effacer.

Victoires militaires, intrigues diplomatiques ou mensonges puérils n'y changeront rien.

Pour tout homme digne du nom d'homme, l'Allemagne s'est déshonorée à jamais.

Elle n'a pas à mentir, mais à se repentir et à expier.

Arras !

Dédié aux signataires de l'Adresse
des quatre-vingt-treize intellectuels
allemands.

ARRIVÉE par la porte Baudimont.

Les rues Baudimont, Saint-Aubert, Ernestal et de la République forment l'artère centrale de la ville, allant de la porte Baudimont (au nord-ouest) jusqu'à la gare (au sud-est).

Dans la rue Baudimont, peu de dégâts; malgré la proximité de la partie subsistante des fortifications, les obus ne sont pas ici tombés dru.

Le carrefour à l'angle de la rue d'Amiens, avec sa fontaine Louis XV, a conservé son aspect habituel.

Tout le haut de la rue Saint-Aubert n'a rien, ou peu de chose.

La place du Théâtre, aussi, a peu souffert.

On est saisi de l'impression de vide que produit la ville.

La seule vie qui y subsiste est donnée par les relèves de soldats anglais qui, sous leurs casques en plat à barbe et le fusil à l'épaule, filent le long des boutiques aux volets clos.

Rue Ernestal.

Le collège de jeunes filles est éventré.

Quelques mètres plus loin, la gracieuse tour des Ursulines, délicieux souvenir du quinzième siècle, est décapitée. C'est elle qui fut visée : le collège a bénéficié du voisinage.

Voici la gare.

Elle a été criblée. Plus une vitre, bien entendu. Partout, dans la brique rouge (la construction datait de vingt-cinq ans à peine), des trous béants.

De toutes les maisons de la place, il ne reste rien.

Retournons.

LE BEFFROI D'ARRAS EN 1914

LE BEFFROI D'ARRAS EN 1917

Derrière la place de la Gare, sur le boulevard de Strasbourg, beaucoup de maisons ont payé leur trop grande proximité du chemin de fer. L'une, à côté du café de la Poste, est démolie de façon curieuse : la poutre de fer qui soutenait le premier étage s'est brisée par le milieu. Elle forme un V dont la pointe touche le sol et dans les branches duquel les étages à demi effondrés ont comme glissé.

Tout près, une maison neuve est intacte : hasard des bombardements !

Redescendons la rue Ernestal.

A l'entrée de la rue Saint-Aubert, tournons à droite. C'est la rue Saint-Gery qui mène à l'Hôtel de Ville, naguère une des belles rues d'Arras.

Dès la troisième ou quatrième maison (la maison Cabuil, comme on dit ici), il ne reste plus rien.

Tout le quartier entre la rue des Grands-Viéziers (ces vieux noms, évocateurs de vie provinciale paisible!), la rue des Récollets, la rue Saint-Gery et l'Hôtel de Ville est comme rasé. Quelques tas de briques, de décombres informes de place en place. Des pans de devanture, qui ont gardé un reste de peinture et d'inscriptions, c'est tout ce qui subsiste de ces magasins cossus, achalandés par les élégantes de la vieille capitale de l'Artois et les riches fermiers qui venaient vendre leur blé sur les « places » voisines.

La destruction est plus complète encore que celle du quartier de la cathédrale de Reims.

Car, là aussi, il y avait un chef-d'œuvre à anéantir : le beffroi.

Le beffroi d'Arras! quelle merveille! quelle incomparable élégance! De la Somme à l'Escaut, c'était certainement la plus belle de ces hautes tours que l'on voit jaillir au loin sur les plaines monotones des Pays-Bas!

Celle-ci s'élançait de l'angle sud de l'Hôtel de Ville, à soixante-quinze mètres de hauteur.

Un premier étage, cubique comme la base et orné de délicates arcatures aveugles, supportait un second étage octogonal aux légères colonnettes dégagées. Le tout était couronné d'une lanterne dans le goût de la Renaissance italienne.

Au sommet, le Lion des Flandres déployait sa bannière blasonnée.

Ensemble de grâce fière, d'élégance souveraine, qui se dressait comme dans un élan joyeux au-dessus de l'exquis corps de bâtiment datant de la seconde moitié du quinzième siècle, où s'ouvrait la salle des fêtes de l'Hôtel de Ville et qui bordait le côté ouest de la petite place.

Ce bâtiment comprenait un rez-de-chaussée à arcades, un premier étage aux hautes fenêtres en tiers-point de nobles proportions, devant lesquelles s'avançait en encorbellement un balcon de pierre ouvragée au galbe souple et gracieux et qu'ornaient les lianes et les choux frisés aux capricieuses nervures qu'affectionnèrent les sculpteurs d'alors.

Au-dessus des fenêtres, des œils-de-bœuf en trèfles à quatre feuilles. Puis une balustrade de pierre dans le même style que le balcon. Enfin la haute toiture, percée de trois étages d'élégantes lucarnes.

Quelle variété! quelle fantaisie pondérée, aimable et charmante! Le cœur se serre à penser que tout cela n'est plus qu'un souvenir.

Il reste... un moignon de quinze à vingt mètres, dépouillé de tout revêtement sculpté, montrant l'appareillage, un amoncellement de pierres blanches où, dans le ciel doux, volettent et chantent les oiseaux : voilà pour le beffroi; des décombres, une encognure à fine tourelle, voilà pour le reste de la façade.

Sur les trois autres côtés de la Petite-

Place, les maisons au pignon arrondi avec leur ornementation plateresque dans le style hispano-flamand du seizième et du dix-septième siècle, ourlaient leur rangée d'arcades.

Ce délicieux ensemble est à jamais détruit. Ici ou là une maison à demi éventrée reste encore en équilibre. Dans un désert de débris, la torsade d'un escalier de fer se dresse, rouillée par la pluie.

Pourquoi cette destruction?

Quel prétexte invoquer?

L'utilisation militaire?

Il y avait beau temps que personne ne montait plus dans le beffroi quand, au début d'octobre 1914, il fut abattu!

Et les bâtiments de l'Hôtel de Ville? les maisons de la Petite-Place? celles de la Grand'Place (voisine de la Petite) de même style et aussi précieusement conservées? Quel motif pour les bombarder?

Quelle raison à ces trous d'obus qui ont

percé sur la Grand'Place une épaisseur de blocage de plus de deux mètres?

Des anthropoïdes sont venus ; des anthropoïdes au front bas, aux pommettes saillantes (voyez Hindenbourg), à la mâchoire lourde. Et aujourd'hui, de ces merveilles il reste des décombres.

Au détour d'une rue, un trou béant dans les maisons ; quelques pans de mur curieusement sculptés : c'est l'église Saint-Jean-Baptiste, l'ancienne église aristocratique, aux belles sonneries de cloches, où les dames de la ville allaient à l'office le dimanche. Au fond, par delà les tas de pierres amoncelés çà et là, un haut mur blanc sur lequel se dessinent trois vastes arcatures aveugles : c'est tout ce qui subsiste de la nef.

A travers les rues tortueuses, on descend vers les bas quartiers.

Ici, peu de dégâts : nous nous éloignons de l'Hôtel de Ville.

Mais voici à nouveau des maisons démolies.

C'est que nous approchons de la cathédrale.

La cathédrale! Un amas de blocs brisés; plus de voûte; les hautes colonnes rondes, solitaires; la salle hypostyle de Louqsor, telle qu'on la voit sur les photographies.

A côté, ce bâtiment sans toit, éventré, c'est la bibliothèque du palais Saint-Waast. Quelques incunables, quelques manuscrits précieux seuls ont pu être sauvés.

Je me rappelle cette longue salle silencieuse avec sa voûte surbaissée. De hautes échelles roulantes permettaient de feuilleter sur les rayons l'admirable collection que les riches abbés de Saint-Waast avaient réunie au cours des siècles. Cartulaires, Acta conciliorum, Mabillon, dom Bouquet, Gallia Christiana, Bibles de la fin du quinzième ou du début du seizième siècle, voisinaient avec une fort belle édition princeps de l'*Encyclopédie*.

A travers la paroi éventrée en bordure du jardin, on aperçoit un mur noirci.

C'est tout ce qui reste du trésor de pensée lentement accumulé.

Et là encore, pourquoi ces destructions sauvages ?

Dans quel « but militaire » ces méchants Français avaient-ils utilisé cette cathédrale qui — n'ayant pas de tour et se trouvant loin des lignes — ne pouvait fournir d'observatoire ?

Et cette bibliothèque ?

A quoi leur malignité perverse l'avaient-ils employée pour nuire aux vertueux Boches ?

Qu'en avaient-ils fait ?

Une feuillée pour la garnison ? Il y avait là beaucoup de papier.

— *Ja ! ja !*

Les mâchoires mécaniques ont trouvé l'utilisation militaire.

Et au delà de la rue d'Amiens, l'hôtel de

la Préfecture, ancien palais des évêques du dix-huitième siècle, de si noble ordonnance, aux boiseries si délicates, quelle nécessité militaire de le cribler d'obus?

Le remarquable est que les casernes sont à peu près intactes ainsi que les arbres des promenades qui avoisinent la citadelle.

Évidemment! Il n'y avait dans ces parages aucune œuvre précieuse à détruire!

Monstrueux!

Il faut que l'humanité civilisée fasse le pèlerinage de Reims, de Soissons et d'Arras; il faut que l'humanité civilisée tout entière voie ces ruines honteuses et vomisse la race abjecte dans un hoquet de dégoût et d'horreur.

TROISIÈME PARTIE

AU REPOS

Une Représentation

du Théâtre aux Armées

LA troupe du « Théâtre aux Armées »
est venue à X..., cantonnement d'un
régiment qui revient de Verdun.

Beau soleil, claire journée d'automne.

Au bout du village, un chemin mène
dans un champ où sont dressées des ba-
raques Adrian. L'une d'elles est décorée de
drapeaux : c'est le lieu de la fête.

Au fond de la baraque on a monté une
estrade. La toile de fond, le ciel, les montants,
sont constitués d'une même étoffe grise.

Une table, deux chaises, un canapé, voilà
pour l'ameublement et les accessoires.

Depuis deux heures, la salle est comble.

Dans l'ombre de la cabane où le jour pénètre seulement par des fenêtres aux vitres de mica, sur deux rangées de bancs en bois blanc, des poilus se pressent. Uniformes délavés, barbes longues, souliers boueux. En casque, en calot, les grosses mains maladroites ballantes entre les genoux, ils restent les yeux fixés sur la scène encore vide.

La musique du ...ᵉ régiment d'infanterie trompe l'attente avec des valses et des pas redoublés. Sur les chaises des premiers rangs, les officiers rappellent leurs souvenirs de campagne, « gibernent », comme on dit en style militaire.

Au dehors, auprès de l'escalier de planches qui descend au chemin et où l'on a soigneusement répandu du sable jaune (!!!), quelques officiers guettent au loin si les autos désirées n'arrivent pas.

— Les voilà !

— Non, c'est un auto-camion.

— Cette fois, ce sont eux.

Cinq voitures de tourisme, en effet, roulent dans le soleil. Elles tournent à l'entrée de la venelle et viennent à toute allure.

On descend.

Les rois et les reines de théâtre sont enveloppés de grands manteaux de voyage. Voici Dussane, blonde soubrette de franche allure ; Marcelle Praince, grande et svelte malgré sa houppelande, — vive comme le feu ; Charles Fallot, long comme un jour de marmitage, le masque glabre spirituellement mobile et le crâne luisant ; Mme Meunier de l'Opéra, Mlle Lasalle de l'Opéra-Comique, Baillet et Brunot du Français ; Raymond de l'Opéra ; Mathillon de l'Odéon.

Deux auteurs célèbres accompagnent la troupe : Max Maurey, observateur muet et discret, à mine pâle et fine sous le large chapeau mou, et Romain Coolus, petit, râblé, actif, la forte moustache blonde retroussée, l'allure ronde et désinvolte.

Sur des caillebotis, qui permettent d'éviter la boue noire mais sont bien glissants, on gagne les coulisses sommaires ménagées derrière la scène improvisée.

Un nuage de poudre de riz, un soupçon de rouge, et Marcelle Praince s'avance pour dire un « Salut des Comédiens aux Soldats du front », de Miguel Zamacoïs.

Tout d'abord, je n'ose la regarder; les gestes outrés et les poings crispés que beaucoup croient de rigueur en pareil cas me font mal.

Mais non ! ici, rien de tel.

Marcelle Praince garde une mesure parfaite. Les vers sont adroits; peu ou point d'enflure. Et puis, la belle artiste est si adroite, elle aussi ! Elle articule si magnifiquement et se montre si fine diseuse tout ensemble, que le morceau de bravoure, l'appel à la victoire de la fin, passe comme onde vive, et que les bravos éclatent de toutes parts.

Les impresarii ont fait suivre cet avant-propos d'une scène de Regnard, celle de

Démocrite, où l'homme et la femme — après quinze ans de séparation — se retrouvent, et sitôt qu'ils se sont reconnus au portrait — peu flatté — que l'un fait de sa charmante épouse et l'autre de son délicieux mari, filent chacun de leur côté.

Quel belle langue que celle de Regnard! quel régal!

Les vers de Voltaire, à propos d'Horace, reviennent à l'esprit, et l'on écoute, — « comme l'on boirait d'un vin vieux, qui rafraîchit le cœur et rajeunit les sens ».

Mais porte-t-elle sur ce public « poilu » si peu raffiné?

Que l'on se rassure. Elle porte admirablement. Pas un mot qui ne passe la rampe, si l'on ose ainsi parler. Les rires fusent, les applaudissements crépitent. Dussane et Brunot — merveilleux interprètes — sont plusieurs fois rappelés.

Avis.

N'hésitons pas à représenter le classique.

233

Il suffit de savoir choisir. Et cette scène est d'un choix exquis.

Après Regnard, les grâces du dix-huitième siècle.

Mme Meunier, en dame poudrée à paniers, et Raymond, en personnage de la comédie italienne, justaucorps et culotte courte de satin couleur feu, viennent danser sur cette scène de quelques pieds carrés et garnie d'une rampe dangereuse de lampes à pétrole.

Un Watteau : Lelio faisant vis-à-vis à Sylvia. Des parcs somptueux aux lointains profonds s'enfonçant à travers les hauts massifs dorés par l'automne, les personnages de rêve sont descendus pour faire revivre aux yeux des défenseurs de France les élégances de l'époque la plus élégante — et la plus française — qui fût jamais.

Après la danse, le chant. Judith Lasalle, l'Habanera de Carmen. Carmen sombre ; robe noire, feutre noir relevé sur le côté ;

Carmen nerveuse et vibrante, à la voix chaude, conduite avec sûreté et crânerie.

Pour dérider, un vaudeville fait suite : un acte de Max Maurey, spirituel et fin, où Marcelle Praince — maîtresse de maison inquiète — est bernée par un coquin de mari que Mathillon personnifie avec beaucoup de brio; mauvais sujet qui, pour éviter le tête-à-tête journalier de la table conjugale, n'a rien trouvé de mieux qu'empêcher sa femme de garder une bonne plus de vingt-quatre heures. Son procédé est simple. Sitôt la nouvelle bonne installée, il lui glisse la pièce pour qu'elle décampe sans tarder.

Ici, la bonne à tout faire c'est Dussane : Dorine qui devient Gertrude, avec infiniment d'esprit.

« Des manières! Je pourrais en remontrer là-dessus à plus d'une femme du monde! »

Et cette affirmation est faite d'un ton populacier à souhait, les mains sur les hanches, le chignon agressif. On est convaincu tout de suite.

Un intermède : la fantaisie étourdissante du chansonnier Charles Fallot, mime incomparable.

Puis une revue, — du même, — aux trouvailles impayables. Des couplets lestement troussés et agréablement chantés par Mlle Lina Dorey, Mathillon, en garde municipal, Marcelle Praince, en petite femme gavroche aux intonations prises certainement sur la Butte, — ou tout près.

Pour finir, la *Marseillaise* par Judith Lasalle avec accompagnement du public.

Aucune fausse note dans cet ensemble. Une émotion vraie chez des artistes qui sont gens de cœur. Les troupiers sortent de ce spectacle, ragaillardis pour des semaines. Ils ont été « divertis » au vieux sens du mot, sortis de l'obsession de la boue, du service, de la manœuvre, des travaux ou des tranchées. C'est l'âme de la France qui vient un instant de les frôler de son aile, âme rieuse et émue, spirituelle et tendre, blagueuse et ardente, âme vaillante et vraiment humaine qui, malgré les larmes et le sang, ne sait se refuser au sourire.

Puisse le Théâtre aux Armées envoyer souvent dans les cantonnements de repos une troupe de talent aussi solide, interprétant un programme aussi heureusement conçu.

Le flot des spectateurs s'en va.

Au loin, la lune blanchit la plaine. Tout à l'heure, Dussane montrait à Coolus un trèfle à quatre feuilles :

— Je l'ai cueilli à douze cents mètres de la Main de Massiges.

La Main de Massiges[1]! l'hiver dernier, nous y étions. Telle reconnaissance faite par une clarté lunaire semblable à celle-ci revient à la mémoire. Des corps bossuaient la plaine, immobiles. Sur eux glissait une pâle lumière. Une jambe boche, toute bottée,

[1] Au nord-ouest de Sainte-Menehould.

sortait de cette terre mouvante où, lorsque l'on se planquait pour éviter les balles, la main s'enfonçait dans de la chair humaine...

Mais en ce moment, ce ne sont plus les visions de guerre qui hantent les esprits. Et ce soir, dans leurs granges ouvertes à tous les vents, sur la paille plus qu'à demi pourrie où ils s'étendent sans enlever capote ni souliers, mes chers troupiers reverront longuement en leurs rêves les visiteurs merveilleux qui les arrachèrent une heure à leur vie d'horreur et de misère. Au fond de leur cœur, cette heure restera comme un point lumineux dans la nuit noire de la guerre.

LIEUX CITÉS DANS L'OUVRAGE

A

ARRAS, 215, 217, 218, 225.

B

BAGATELLE, 175.
BASTION DE LA MINE, 56.
BEAUMONT, 78.
BELLEVILLE, 11.
BERMÉRICOURT, 20, 39, 132, 180.
BERNARD-PLATZ, 174.
BOIS DE SAINT-PIERRE-VAST, 176, 177.
BOIS DES BUTTES, 5, 56.
BOIS DE SÉCHAMP, 127.
BOIS DU CHAMP DU SEIGNEUR 128, 130.
BOUCHAVESNES, 176.
BRIMONT, 133, 157.

C

CHAMBRETTES (LES), 88.
CHATEAU DE MONDEMENT, 172, 173, 174.
CÔTE DE FROIDETERRE, 81.
CÔTE DU POIVRE, 78, 79.
CRUSNE, 169.

D

DIXMUDE, 174.
DOUAUMONT, 80, 87, 88, 175, 196.

F

FÈRE-CHAMPENOISE, 173.
FERME DU CHOLÉRA, 147.
FLEURY, 10, 11, 80.
FORT DE VAUX, 10.
FOSSÉ, 9.
FOUR-DE-PARIS, 175.

H

HAUDROMONT, 175.

L

LA GRURIE, 175.
LA VILLE-AUX-BOIS, 5.
LILLE, 93.
LOIVRE, 29, 132, 144, 153, 156, 159, 160.
LONGUYON, 169.
LOUVEMONT, 11, 77, 79.

M

MAFFRECOURT, 49.
MARAIS DE SAINT-GOND, 172.
MASSIGES, 49, 237.
MONT BLOND, 68.
MONT CORNILLET, 68.
MORONVILLIERS, 175.
MORT-HOMME, 175.

N

NIEUPORT, 174.

O

ORNAIN, 173.
OUVRAGE DE THIAUMONT, 11, 80, 81, 85, 175.

P

PERVYSE, 174.

Q

QUENNEVIÈRES, 9.

R

RAMSCAPPELLE, 174.
RANCOURT, 103, 176, 177.
RAVIN DU HELLY, 89, 90.
REIMS, 20, 34, 38, 122, 130, 143, 196, 203, 212, 214, 218, 225.

S

SAILLY-SALLISEL, 13, 97, 103, 176, 177.
SAINTE-MENEHOULD, 237.
SAINT-JEAN-DES-VIGNES, 187.
SAINT-PRIX, 173.
SAULX, 173.
SOISSONS, 38, 122, 130, 187, 194, 225.
SOUVILLE, 11.
STEENSTRAATE, 174.

T

TRACY-LE-VAL, 9.

V

VALLÉE DU PETIT-MORIN, 173.

VERDUN, 10, 13, 77, 87, 110, 175, 180, 182, 229.

VILLENEUVE-LÈS-CHARLEVILLE, 173.

Y

YPRES, 174.
YSER, 174.

241

MILITAIRES CITÉS DANS L'OUVRAGE

A

ALLIGNÉ .... Sous-lieutenant au 77ᵉ régiment d'infanterie, 69, 70, 72.

AQUIN (D') .... Chef de bataillon commandant le 16ᵉ bataillon de chasseurs, 103, 105.

ARLABOSSE .... Capitaine au 44ᵉ régiment d'infanterie, 126.

AYMARD .... Lieutenant au 23ᵉ régiment d'infanterie, 155.

B

BAILLY .... Sous-lieutenant au 94ᵉ régiment d'infanterie, 98.

BEN-DAHO .... Soldat au 2ᵉ tirailleurs de marche, 23.

BOISROUVRAY (DE). Chef de bataillon commandant le 2ᵉ bataillon du 115ᵉ régiment d'infanterie, 81, 83.

BOSSUT .... Chef de bataillon aux chars d'assaut, 137.

BOSSUT .... Adjudant aux chars d'assaut, 137.

BOUCHACOURT .... Capitaine commandant le 2ᵉ bataillon du 94ᵉ régiment d'infanterie, 15, 114.

BOUFFEZ......... Capitaine au 44ᵉ régiment d'infanterie, 181.
BRUDER.......... Chef de bataillon au 363ᵉ régiment d'infanterie, 351.
BÜLOW (VON)..... Général commandant la IIᵉ armée allemande, 171.

C

CHAUMETTE...... Lieutenant au 115ᵉ régiment d'infanterie, 84.
CHENOST........ Chef de bataillon au 60ᵉ régiment d'infanterie, 127.
CONOLLY........ Lieutenant au 2ᵉ bataillon de tirailleurs de marche, 94.
COUAPEL........ Soldat au 94ᵉ régiment d'infanterie, 97, 98, 99, 100, 101, 102.
COUDERC........ Capitaine aviateur, de l'aviation de la Vᵉ armée, 40, 43.
CUNY........... Lieutenant-colonel commandant le 31ᵉ régiment d'infanterie, 138, 142.

D

DELMAS......... Soldat au 363ᵉ régiment d'infanterie, 19.
DENIS.......... Capitaine au 115ᵉ régiment d'infanterie, 82.
DESTREIL....... Sous-lieutenant au 115ᵉ régiment d'infanterie, 84.
DÉTRIE......... Lieutenant-colonel commandant le 94ᵉ régiment d'infanterie, 102.

DEVILLE......... Général commandant la 42ᵉ division
d'infanterie, 177.

DIRY........... Sous-lieutenant au 2ᵉ tirailleurs de
marche, 78, 79.

DOUMERGUE...... Soldat au 60ᵉ régiment d'infanterie,
152.

DUBOIS......... Sergent au 133ᵉ régiment d'infanterie,
158.

DUFFET......... Chef de bataillon au 60ᵉ régiment d'infanterie, 127.

E

ESPEREY (FRAN- Général commandant la Vᵉ armée
CHET D'). française, 173.

F

FLEURQUIN....... Sapeur au 2ᵉ tirailleurs de marche,
91, 92.

FOCH........... Général commandant la IXᵉ armée
française, 171, 173.

G

GAGLIO......... Sergent au 3ᵉ zouaves, 8, 10, 11.

GARNIER........ Sergent au 248ᵉ régiment d'infanterie,
69.

GAULLIARD...... Sergent au 133ᵉ régiment d'infanterie,
144, 145, 156, 158.

GOURVES........ Grenadier au 60ᵉ régiment d'infanterie,
151.

GRAFFIN........ Lieutenant aviateur, 42.

H

HAUSEN (VON).... Général commandant la IIIe armée
allemande, 171.

HUMBERT........ Général commandant la division marocaine, 173, 174.

J

JARRE .... Capitaine au 60e régiment d'infanterie,
129.

K

KIEFFER .... Lieutenant - colonel commandant le
115e régiment d'infanterie, 81.

KLUCK (VON)..... Général commandant la Ire armée
allemande, 171, 172.

L

LANGLE DE CARY Général commandant la IVe armée
(DE). française, 173.

M

MADAMET........ Chef de bataillon au 60e régiment d'infanterie, 127.

MAHIEU......... Sergent au 94e régiment d'infanterie,
12.

MAINARDY....... Lieutenant aux chars d'assaut, 137.

MARTIN......... Capitaine adjudant-major au 133e régiment d'infanterie, 161.

MARTIN.......... Capitaine au 363e régiment d'infanterie, 34.

MASSART......... Sous-lieutenant au 94e régiment d'infanterie, 114.

MAUNOURY....... Général commandant la VIe armée française, 171.

MAURICE (DE ST-). Lieutenant-colonel commandant le 2e tirailleurs de marche, 91.

MIRLOUP......... Soldat au 89e régiment d'infanterie, 6, 7.

MITTELHAUSER.... Colonel commandant le 60e régiment d'infanterie, 182.

MOISSON......... Lieutenant-colonel commandant le 151e régiment d'infanterie, 149.

MONNET......... Caporal au 133e régiment d'infanterie, 31.

MOUGENOT....... Lieutenant au 44e régiment d'infanterie, 131.

MOUSSET......... Sous-lieutenant aux chars d'assaut, 136.

MOUVEAUX....... Lieutenant-colonel commandant le 89e régiment d'infanterie, 57.

N

NADEAU......... Caporal au 60e régiment d'infanterie, 150.

NIEGER.......... Lieutenant-colonel commandant le 44e régiment d'infanterie, 122, 126, 181.

P

PASQUIER........ Capitaine-mitrailleur au 133e régiment d'infanterie, 157.

PELACOT (DE)..... Chef de bataillon au 44ᵉ régiment d'infanterie, 126.

PELLERIN .... Maréchal des logis au 16ᵉ chasseurs à cheval, 69.

PETIT............ Lieutenant-colonel commandant le 42ᵉ régiment d'infanterie, 179.

PICHON.......... Chef de bataillon au 133ᵉ régiment d'infanterie, 160.

PINEAU .... Capitaine au 60ᵉ régiment d'infanterie, 129.

PIQUEMAL .... Sergent au 60ᵉ régiment d'infanterie, 151.

PIREY (DE) ...... Lieutenant-colonel commandant le 60ᵉ régiment d'infanterie, 182.

R

REBOUL......... Lieutenant-colonel commandant le 42ᵉ régiment d'infanterie, 180.

RICHAUD .... Soldat au 363ᵉ régiment d'infanterie, 19, 21.

ROBILLARD ...... Fusilier-mitrailleur au 44ᵉ régiment d'infanterie, 131.

ROLAND......... Lieutenant-colonel commandant le 35ᵉ régiment d'infanterie, 37, 132, 180.

S

SIMONET........ Caporal au 35ᵉ régiment d'infanterie, 133.

T

TAMISIER........ Lieutenant au 115ᵉ régiment d'infanterie, 82.

TESSON .... Colonel commandant le 36e régiment d'infanterie, 180.

THOMAS......... Caporal au 2e tirailleurs de marche, 91.

U

ULLERN......... Capitaine, 71, 72.

V

VUILLAUME...... Soldat au 133e régiment d'infanterie, 28, 30, 32, 33.

TABLE DES GRAVURES

	Face aux pages
Sergent Gaglio, du 3e zouaves	16
Sergent Mahieu, du 94e R. I.	17
Fusilier Couapel, du 94e R. I.	17
Lieutenant-colonel Roland, du 35e R. I.	38
Route de Verdun à Douaumont. — Poste-abri, 24 décembre 1916.	80
Devant Thiaumont (Meuse). — Le ravin de la mort.	81
Vue de Sailly-Sallisel	112
Sous-Lieutenant Massart, du 94e R. I.	113
Lieutenant-Colonel Nieger, du 44e R. I.	124
Près Reims (Marne). — Les lignes allemandes détruites par l'artillerie, mai 1917	128
Dans la Marne. — Chapelle d'un tombeau ayant servi aux Allemands de chambre noire pour la photographie	129
Cimetière de Loivre	160
Cathédrale de Soissons. — Travées de la face nord crevées par des obus	192
Intérieur de la cathédrale de Soissons	193
Vue intérieure de la nef de la cathédrale de Reims avant l'incendie.	208
Le beffroi d'Arras en 1914.	216
Le beffroi d'Arras en 1917.	217

249

TABLE DES MATIÈRES

PREMIÈRE PARTIE

QUELQUES HÉROS

I — QUELQUES HÉROS

Pages

Un grenadier. 5
Le vieux zouave 8
Nos téléphonistes. 12
Nos fusiliers-mitrailleurs. 19
La sentinelle arabe 22
Le prisonnier alsacien. 24
Un ancien C. O. A. proposé pour la Croix d'honneur. 28
Le capitaine Martin, du 363ᵉ R. I. 34
Le colonel Roland, du 35ᵉ R. I. 37
La mort du pilote 40

II — TABLEAUX DE GUERRE

Relève de janvier. 49
Le coup de main. 56
Les « As » de la grenade. 67

TABLE DES MATIÈRES

III — A VERDUN

Pages

Le 2ᵉ tirailleurs pendant l'offensive allemande sur
Verdun 77
Un récit autorisé de la reprise du P. C. 119 et de la
batterie C (ouest de l'ouvrage de Thiaumont) par
le 2ᵉ bataillon du 115ᵉ R. I., les 15 et 16 juillet
1916 80
« Présentez vos armes ! » 87

IV — DANS LA SOMME

Comment le fusilier Couapel, du 94ᵉ R. I., a gagné
la Légion d'honneur à Sailly-Sallisel 97
Comment le 16ᵉ bataillon de chasseurs à pied a em-
porté la tranchée allemande de l'église, à Sailly-
Sallisel, le 5 novembre 1916 103
Vous n'avez pas de fusil ? prenez des pierres ! . . . 109

V — L'OFFENSIVE ENTRE REIMS ET SOISSONS

La gare de ravitaillement 119
L'offensive du 16 avril entre Reims et Soissons . . . 122
La charge des chars d'assaut 135
Un régiment qui a fait plus de prisonniers qu'il n'avait
de fusils en ligne 138
Comment on se sert de crapouillots boches 144
On rend les honneurs 147
Comment ils se sont battus 150
La prise de Loivre, le 16 avril 1917 153

TABLE DES MATIÈRES

VI — LES BELLES DIVISIONS

Pages

La 42ᵉ division d'infanterie 167
L'âme des aïeux 179

DEUXIÈME PARTIE

LES ANTHROPOÏDES

Visite à Soissons 187
Le crime de Soissons 194
Ils bombardent toujours la cathédrale de Reims. . . 196
Les bombardements de la cathédrale de Reims . . . 203
Mensonges des barbares 212
Arras !. 215

TROISIÈME PARTIE

AU REPOS

Une représentation du théâtre aux armées 229

Lieux cités dans l'ouvrage 239

Militaires cités dans l'ouvrage. 242

Table des gravures 249

253

ACHEVÉ D'IMPRIMER

LE CINQ NOVEMBRE MIL NEUF CENT DIX-SEPT

PAR

BERGER-LEVRAULT

A NANCY

LIBRAIRIE MILITAIRE BERGER-LEVRAULT

PARIS, 5-7, rue des Beaux-Arts — rue des Glacis, 18, NANCY

Parmi les Ruines (*De la Marne au Grand Couronné*), par Gomez CARRILLO. Traduit de l'espagnol par J.-N. CHAMPEAUX. 4e mille. 1915. Volume in-12 de 387 pages, broché . . . . **3 fr. 50**

Le Sourire sous la Mitraille. *De la Picardie aux Vosges*, par E. GOMEZ CARRILLO. Traduction de Gabriel LEDOS, revue par l'auteur. 1916. Volume in-12. . . . . **3 fr. 50**

Au Cœur de la Tragédie. *Les Anglais sur le front,* par Gomez CARRILLO. Traduction de Gabriel LEDOS. 1917. Volume in-12. . . . . **3 fr. 50**

Lettres pour le Filleul de l'Arrière, par Paul ABRAM. Préface de Paul MARGUERITTE. 1917. Volume in-16 jésus . . . . **3 fr.**

Une Visite de l'Armée anglaise, par Maurice BARRÈS, de l'Académie Française. 1915. Volume in-16 jésus de 120 pages . . . . **1 fr. 25**

La France en guerre, par Rudyard KIPLING. Traduit de l'anglais par Claude et Joël RITT. 7e édition. 1916. Vol. in-16 jésus, avec 2 photogr. . . **1 fr. 50**

Carnets de Route de Combattants allemands. Traduction intégrale, introduction et notes par Jacques DE DAMPIERRE, archiviste-paléographe. — I. *Un officier saxon.* — *Un sous-officier posnanien.* — *Un réserviste saxon.* (Publication autorisée par le ministère de la Guerre.) 1916. Volume in-12, avec 16 illustrations et fac-similés photographiques . . . . **3 fr. 50**

Germania. *L'Allemagne et l'Autriche dans la civilisation et dans l'histoire,* par René LOTE, agrégé de l'Université, docteur ès lettres. 2e édition. 1917. Volume in-12. . . . . **3 fr. 50**

Le Sens des Réalités. Sagesse des États. *Leçons politiques de la guerre,* par René LOTE. 1917. Volume in-12 . . . . **3 fr. 50**

Guerre et Civilisation, par Christophe NYROP, professeur à l'Université de Copenhague. Traduit du danois par Emm. PHILIPOT. 1917. Vol. in-12. **3 fr.**

L'Allemagne et le Droit des Gens, *d'après les sources allemandes et les archives du Gouvernement français,* par Jacques DE DAMPIERRE, archiviste-paléographe. 1915. Volume in-4, avec 103 gravures (vues, portraits, fac-similés de documents) et 12 cartes . . . . **6 fr.**

La Guerre à l'allemande, par Jeanne et Frédéric RÉGAMEY. 2e édition. 1915. Volume in-12. . . . . **1 fr. 50**

Jusqu'au Rhin. *Les Terres meurtries et les Terres promises,* par A. DE POUVOURVILLE. 5e édition. 1917. Volume in-12, avec 32 cartes. . . . . **3 fr. 50**

En Alsace reconquise. *Impressions du Front 1915,* par Ed. BAUTY, rédacteur en chef de la *Tribune de Genève.* 1915. Volume in-8, avec 10 photographies hors texte . . . . **2 fr.**

Devant l'Histoire. *Causes connues et ignorées de la Guerre,* par Paul GIRAUD, docteur en droit. 1917. Volume in-12, honoré d'une souscription du ministère des Affaires étrangères . . . . **3 fr. 50**

La Vérité territoriale et la Rive gauche du Rhin, par F. DE GRAILLY. Nouvelle édition. Préface de M. Ernest BABELON, membre de l'Institut. 1917. Volume in-12 de 432 pages . . . . **3 fr. 50**

La Mendicité allemande aux Tuileries, 1852-1870. *Avec une liste alphabétique des quémandeurs allemands,* par Henri WELSCHINGER, de l'Institut de France. 1917. Volume in-12 . . . . **1 fr.**

Le Pangermaniste en Alsace, par Jules FROELICH. 11e mille. 1915. Volume in-12, avec 16 dessins par HANSI, broché . . . . **75 c.**

Un Américain d'aujourd'hui. *Scènes de la vie publique et privée aux États-Unis,* par Brand WHITLOCK. Traduit de l'anglais par Mme Henry CARTON DE WIART. 1917. Volume in-12, avec 2 planches . . . . **4 fr.**

LIBRAIRIE MILITAIRE BERGER-LEVRAULT

PARIS, 5-7, rue des Beaux-Arts — rue des Glacis, 18, NANCY

LA GUERRE — LES RÉCITS DES TÉMOINS

La Victoire de Lorraine (24 août-12 septembre 1914). **Carnet d'un Officier de Dragons**, par Adrien BERTRAND. 20e édition, revue et augmentée. 1917. Volume in-12, avec 18 photographies. . . . . **3 fr. 50**

Carnet de route d'un Officier d'Alpins. 1re série : *Août-septembre 1914. En Lorraine. La bataille de la Marne.* 11e édition. 1916. Volume in-8, avec 6 gravures et 1 carte hors texte, broché . . . . **1 fr. 50**

— 2e série : *Octobre à décembre 1914. En Argonne. Sur l'Yser. En Artois.* 1916. Volume in-8, avec 3 gravures et 3 cartes hors texte . . . . . **1 fr. 50**

Morhange et les Marsouins en Lorraine, par R. CHRISTIAN-FROGÉ. Préface de J.-H. ROSNY aîné. 1917. Volume in-12, avec 16 photographies et 4 cartes. . . . . **3 fr. 50**

La Croix des Carmes. *Documents sur les Combattants du bois Le Prêtre*, par Jean VARIOT. 1916. Volume in-16 jésus, avec 5 dessins de l'auteur. **2 fr.**

Journal de Campagne d'un Officier de ligne. *Sarrebourg. La Mortagne. Forêt d'Apremont*, par le capitaine RIMBAULT. Préface de Maurice BARRÈS, de l'Académie Française. 1916. Volume in-12, avec 8 illustrations et 3 cartes, broché. . . . . **3 fr. 50**

Journal d'un Officier de Cavalerie. *Le Raid en Belgique. La Retraite sur Paris. La Bataille de l'Ourcq. La Course à la mer du Nord. Les Tranchées*, par Charles OUY-VERNAZOBRES. 1917. Volume in-12, avec 16 illustrations hors texte. . . . . **3 fr. 50**

La Flamme victorieuse. *Carnet de route. Trois Étapes du 20e Corps. Haraucourt — Fouquescourt — Hébuterne*, par Raymond GENTY. 1917. Volume in-12. . . . . **3 fr. 50**

L'Aube sanglante. *De la Boisselle (octobre 1914) à Tahure (septembre 1915)*, par le lieutenant-colonel BOURGUET. Préface du général PERGIN. 1917. Volume in-12, avec 2 portraits hors texte . . . . **3 fr.**

En Rase Campagne 1914. Un Hiver à Souchez 1915-1916, par Jean GALTIER-BOISSIÈRE. 1917. Volume in-12, avec 17 illustr. par l'auteur. **3 fr. 50**

Quelques Images de la Guerre. Woëvre-Verdun, par le lieutenant E. HERSCHER. Préface de Gustave GEFFROY. 1917. Volume in-12, avec 55 dessins de l'auteur, dont 20 planches hors texte. . . . . **3 fr. 50**

La Cote 304. *Souvenirs d'un Officier de Zouaves*, par André DOLLÉ. 1917. Volume in-12, avec illustrations . . . . **3 fr. 50**

Charleroi. *Notes et impressions*, par FLEURY-LAMURE, correspondant de guerre français du *Times* en Belgique. Préface de Gérald CAMPBELL, correspondant spécial du *Times*. 18e édition. 1916. Volume in-8, avec portrait, 2 fac-similés et 5 cartes. . . . . **1 fr. 50**

Avec les Français en France et en Flandre. *Impressions vécues d'un aumônier attaché à une ambulance de campagne*, par OWEN SPENCER WATKINS, aumônier aux armées anglaises. Traduit par Henri et Jeanne DUPRÉ. 6e édition. 1915. Volume in-8, avec portrait et 7 planches. **2 fr.**

Six Semaines à la Guerre. *Bruxelles, Namur, Maubeuge*, par la duchesse DE SUTHERLAND. 6e édition. 1915. Volume in-8, avec 9 planches hors texte, 2 fac-similés et 1 carte . . . . **1 fr. 50**

Champs de Bataille de la Marne. I. L'Ourcq. *Meaux — Senlis — Chantilly* (Guides Michelin pour la visite des champs de bataille). 1917. Volume in-8, avec 175 vues photographiques, 12 portraits et 19 cartes et plans en noir et en couleurs, cartonné. . . . . **3 fr. 50**

NANCY, IMPRIMERIE BERGER-LEVRAULT